巨象IBMに挑む

ロックアウト解雇を跳ね返す

田島　一［著］ *Hajime Tajima*

新日本出版社

巨象ＩＢＭに挑む——ロックアウト解雇を跳ね返す＊目　次

1章　賃金減額裁判全面勝利――判決を恐れ、逃げた会社

二〇一五年も残すところ数日となった一二月二七日（日）の午後、東京の港区赤坂にあるＪＭＩＵ（全日本金属情報機器労働組合＝現、ＪＭＩＴＵ、日本金属製造情報通信労働組合）日本ＩＢＭ支部の事務所を訪ね、会社を相手に起こした「賃金減額裁判」でたたかってきた、浜本綾さん（51歳＝仮名、年齢は取材時・以下同様）の話を訊《き》いた。かつて「巨象」と言われ技術者の憧れでもあった日本ＩＢＭの職場で何が起こっているのか、支部書記長の杉野憲作さん（57歳）の同席も得て、この国の先行きを暗示するかのような実態を確かめるためだった。

事務所を入ると左側の天井の梁《はり》の下に、「団結し何が何でも勝たねばならぬ」と太字で墨書された横断幕が目に入る。壁面に配されたクリーム色のキャビネットの前面には、新聞記事、写真、書類などが並んで貼り付けられていて、赤い布地の檄などはいかにも労組事務所らしい雰囲気だが、全体に整然とした印象を受けた。

大学院で情報科学を専攻し、一九八九年に入社した浜本綾さんの最初の職場は基礎研究所だっ

た。当時、賃金や他の条件面でも抜きん出ていたことが、日本ＩＢＭを選んだ理由だという。同社が理系学生の就職人気企業ランキングのベスト5を確保していた頃で、かなりの競争率のもとで選抜され入社してきたことが窺《うかが》える。

ソフトウェア技術者として主に顧客企業のシステム開発に携わってきた浜本さんは、三人の男児の母親である。入社以来今日まで、「基本的には残業しません」をチームの中でも貫いているそうだ。

「五年おきくらいで別の部署に移動し、技術系の異なる分野を担当してきましたので、時々の新しいことをやってきたなって意識はあります。仕事そのものは好きでした」

と、浜本さんは語る。そして、

「一緒に働く人の理解によるところも大きいのですが、今の風潮はともかく、以前は、残業できませんといっても、きちんと業務をこなせば認められていたし、そういう意味では働きやすい職場だったと思います」

と、控えめに口にする表情の奥からは、二十数年、顧客相手に十分な仕事をしてきたという、自負が読み取れる。そんな浜本さんが、なぜ、賃金減額の対象となり、会社相手に裁判で争わなければならなかったのか。そこには、日本ＩＢＭという「巨象」の過去から現在を探る上で興味深いものがあった。

小説書きの悪い癖で、つい根掘り葉掘り深入りして問いかける筆者に、浜本さんは嫌な表情ひとつ見せず、瞬時に歯切れの良い答えを返してくる聡明な方であった。

情報システム関連の製品ならびにサービス提供等を主な業務とする日本ＩＢＭ社は、一九三七年に創立され、資本金総額は一、三〇〇億円を超え、全国に約八〇の事業所を有し、約一四、〇〇〇人の従業員を抱える超マンモス企業だ。現在は米国ＩＢＭの孫会社となっていて、二〇一四年度の業績は、売上高八、八一〇億円、経常利益は九四七億円と発表されている。

電機の企業で働いていた筆者は、日本のメーカーが互換機で追随する時代に、ＩＢＭのコンピューターを使い、その圧倒的な技術力に唸らされた記憶も鮮明だ。しかしいまや同社は、労働者をいきなり別室に呼び出して解雇を通告し、ただちに会社の外に「ロックアウト（締め出す）」するなどの所行で、「本業のＩＴ技術よりリストラ技術でブラック企業業界をリードする」とまで週刊誌に書かれるほどに様変わりしている。

「明日は我が身か」と労働者を震撼《しんかん》させている「ロックアウト解雇」に読者諸氏は関心を抱くと思える。だが、業務成績評価に端を発する賃金減額は、同社の人減らしリストラ施策の重要な柱となっているものであり、そこから入っていくことで、全容を明らかにしていきたいと思う。

■黙っていられないと組合に加入

浜本さんらが起こした「賃金減額裁判」とは、日本ＩＢＭが事実上の就業規則の一方的な不利益変更により、五段階の相対評価で低位とされた一五％の労働者に一〇～一五％の賃金減額をお

賃金減額・解雇撤回闘争報告決起集会で完全勝利までたたかおうと決意を固める日本IBM労働者と支援者ら＝2015年12月25日、東京都内

こなったことに対し、二〇一三年九月、ＪＭＩＵ支部の組合員九人が、減額された賃金の支払いを求めて東京地裁に提訴した事件である。

浜本さんは、「減額は違法」とたたかってきた原告の一人なのだった。本裁判は、判決予定日の一カ月前の二〇一五年一一月二五日に突如、「原告らの請求を全て認める」として、遅延損害金も含め総額約一、一八三万円を支払うと会社側が言明したことから、法的には「請求認諾」とされる、組合側の全面勝利の結果となっていた。

一二月二五日夜、東京都文京区にある全労連会館の二階ホールは、一〇〇人を超える参加者の熱気で沸きかえっていた。正面に掲げられた看板には「賃金減額・解雇撤回闘争報告決起集会」と大きく記されていた。部屋の左側には、紺地に白く縁どられ、「日本ＩＢＭはロックアウト解雇をやめろ！」、「日本ＩＢＭの退職強要・賃金減額を許すな！」と書かれて目立つゼッケンを身につけた、二〇人近くの男女が立って室内に真剣な眼差しを向けていたのだった。

この日会場では、ＪＭＩＵの生熊茂実《いくましげみ》中央執行委員長のあいさつ、岡田尚弁護士による経過報告、支援団体からの連帯のあいさつなどの後、第二次の「賃金減額裁判」の追加提訴に加わる予定の原告らが前に並んで紹介された。そこで最初にマイクを手にしたのが浜本綾さんだった。浜本さんは、

「私は、減額が発表された翌日に組合に加入届けを出しました。そのときは、こんなひどいことが許されてたまるか、黙っていられないという憤りからだったのですが、実は難しい裁判になるということなども私は知らなかったんです」

と、笑みを浮かべながら、自分たちの思いをくみとり力を尽くしてくれた弁護団や支援者への感謝の意を表して、話を続けた。

「この一二月一日に、今回請求していた全員に減額分が振り込まれました。でも、これで全然解決はしていないのです。昨日労組の団体交渉が持たれましたが、その席で私は、『会社は評価制度についてハイパフォーマンス・カルチャー（社員が自分の担当する仕事で、高い成績をあげ続ける企業文化に）を方針としてきたけれど、減額は日本の法律に照らして間違っていたという認識はあるのですか』と訊いたんです。すると会社は、『今の質問にはお答えできません』と言う

んですね。実際に私たちが請求した内容以外のことは認めようとしないし、『検討中』というのは、いつまでも引き延ばすための常套句《じょうとうく》ですので、このままにはできません。たたかいを続けます。これからは以前入れなかったメンバーも加わりますのでよろしくお願いいたします」

と歯切れよく結んだ浜本さんに、満場の拍手が送られたのだった。

決起集会の開会に際して生態委員長は、

「本来なら今日は勝利判決が出ていたはずです。記者会見をやって、大いに祝おうという雰囲気だったのですが、ある意味でＩＢＭが逃げてしまった。しかしたたかいはまだ終わっておりません。ほんとうに勝つためにやらなければならないことが沢山あるんです。解雇撤回闘争の一次、二次判決が来年三月二八日にあります。なので本日は、減額の完全勝利、解雇撤回に向けての集会にしたい」

と本集会を持った意義について述べた後、二年余の裁判への思いを率直に語った。

「成果主義の評価による賃金が全体に広がり、また労働事件において企業寄りの判決が相次いでいるなかで、賃金制度自体を無効とするわけですから、私にも絶対に勝てるという確信はありませんでした。賃金の一〇％から一五％を完全相対評価で減額するという、ひどい賃金制度とのたたかいで、どうすれば勝てるかを私たちは考えなければなりませんでした。何よりも、減額の大きさがひどすぎるということが一番にありましたが、それだけで勝てるかということでもあったんです。法廷で裁判官が、低位の人から減額した分が評価の良い人に回るのかと尋ねたことがありました。すると会社証人は、答えられなかったんです。成果主義評価も、不合理なものは駄目だということが、この裁判で明らかになったのは大きな成果だと思います」

生態委員長は、ここで語調を強め、

「賃金減額に続くのは解雇です。ロックアウト解雇と減額の根っこは同じです。原告九人のうち五人が解雇されています。減額を許していたら際限のない解雇につながっていく。ぜひとも食い止めなければと私たちはやってきました。大変な裁判でしたが、弁護団の奮闘と裁判所の公正な態度により、減額した分は払われました。しかし、まだ元の状態には戻っていません。これは団体交渉でやっていますが、検討中という会社の態度です。私は初戦の結果を確信に、徹底してＩＢＭを追い込まなければと思っています。完全勝利のために共に頑張りましょう」

と、宣言したのだった。

■異様な評価で果てしなき賃下げ

日本ＩＢＭがおこなっている成績評価から賃金減額に至る仕組みは複雑である。同社は、従業員の職位を「バンド」と呼ぶ1から10までの段階にランク付けしている。8以上のランクが管理職で年俸制となる。研修を終えた技術職の新入社員は、6でスタートするそうだ。従業員の次年度の賃金は、このバンドを基礎に、ＰＢＣ（Personal Business Commitment）なる業務成績の評価により決められる。これには上位から、「1」、「2＋」、「2」、「3」、「4」の五つのレベルが定められていて、以前は、評価に応じた昇給額がバンド7以下の従業員に一応公開されていたが、今日では「1」と「2+」の者しか昇給しない制度に置き換えられたという。会社は、「1」、「2+」の従業員は「全体の五〇%以下」と労組に回答しているので、毎年、半数以上の従業員が昇給と無縁ということになる。

更に驚かされるのは、「3」、「4」と評価された者は、逆に賃金が下げられるという仕組みだ。二〇一三年からは、「3」、「4」の従業員全員に、なんと一〇～一五%の減額を課すよう変更されている。おまけに減額は、翌年に高評価を得たからといって取り消されることはないので、その影響は定年まで続く。ちなみに労働基準法では、懲戒処分の場合でさえも、一回の制裁による減給は「一賃金支払期における賃金の総額の一〇分の一を超えてはならない」としており、継続した減給も禁じている。つまり日本IBMの減額措置は、「制裁」以上に過酷な内容を労働者に強いているのだ。

自身の全てを投入して働き、己の人生そのものであった会社から、いきなり一五%も賃金を下げられ、いくら頑張ってもそれが元に戻ることなく、翌年も、翌々年も続くとしたら、そのとき人は何を考えるだろうか。あるチームに一〇人の対象がいた場合、それぞれが定められた割合で五つのランクに仕分けられる相対評価の方法なので、必ず最低者は生ずる。しかも従業員の個々は、どの範囲で誰と比較されているのか知ることもできない。恣《しい》意的な評価を可能とし、減額者を必ず生み固定化も自在だと、特定の人物に的を絞り、果てしなき賃下げを意図的におこなうのも容易だろう。

たとえば基準年収五百万円の技術者が、一五％ずつ三年間下げられるとどういうことになるか。単純計算してみても、一年目の年収は四二五万円となり七五万円の減額となる。二年目は三六一万円余で、当初よりの累計で一三八万円余の減だ。三年続くと、減額分は約一九三万円にも達する。これに夏・冬の「賞与」査定なども関連付けると、収入の減額はとてつもない値に達するはずだ。連続の減額により、四〇代の人が新入社員の年収を下回るケースも生じているし、「賞与がゼロ」になった人もいるという。

このような扱いを受けた労働者に対し、次に襲ってくるのが、「辞めて、あなたに相応《ふさわ》しい会社を探せば」、と迫る上長の鞭《むち》である。仕組まれた罠《わな》にはまった「低評価」者は、自分の居場所がないのを悟り辞めていくしかない。事実、二〇一三年から低評価による賃金減額の憂き目に遭った労働者の数は二〇〇〇人に及び、かなりの人が退職に追い込まれたと労組は見ている。

■低評価・賃金減額で解雇への恐怖

数度の「勧奨」で退職に応じなかった人に対しては、高評価を得るためにこうしましょうと、PIP（Performance Improvement Program）と呼ばれる業績改善プログラムによる魔の手が伸びてくる。本人は目標を受け容れ懸命に努力することになるが、それは、「会社がここまでやってあげたのに、あなたの業績は改善されなかった。能力が不足しているからです」、という計画的な「証拠づくり」が目的のツールなのである。最終目標は「追い出す」ことにあるから、待ち受けているのは、頑張っても報われない無限ループの闇だ。

前述のハイパフォーマンス・カルチャーの方針に基づき、「生贄《いけにえ》」とする人物を制度的につくり、「放出」のために使われてきたのが、こうした人事評価システムである。社員が自分の担当する業務で、常に高い成績をあげ続ける企業文化とは何か。それは、経営者が飛びつきたくなる「理想」だとしても、恐怖と抱き合わせの会社生活を従業員に強いる、企業悪そのものが実態だったのではないか。会社から放出されれば労働者は路頭に迷い、残れば残ったで苦役の日々が待ち受ける。去るも地獄残るも地獄の意識に社員を追い立てる施策は、健全な企業文化などと言えたものではない。

二〇一二年五月に、本国ドイツで辣腕《らつわん》を振るい「コストカッター」と呼ばれていた、マーティン・イェッター氏が日本IBMの社長に就任した。そしてその年の七月以降今日まで、実に三五人のJMIU組合員が解雇されるという経過をたどっている。そして賃金減額裁判の原告九人のうち五人がロックアウト解雇されていて、現在、自社に入ることも許されていないのだ。これらについては、次章から詳しく追っていきたい。

■どのような裁判だったのか

会社が判決前に「白旗を掲げた」賃金減額裁判とはどのようなものだったのか、先の決起集会

の場で、岡田弁護士は経過報告をおこなった。なぜ裁判を起こしたかについて岡田弁護士は、

「これだけひどい減額の幅で、しかもそれが毎年でもやられる。許しておいていいのかという思いがまずありました。それに減額されて組合に入ってくる人のことを考えました。この人たちは、減額の問題で組合がたたかってくれることを信じて、頼りにして入ってきたんです。たしかに組合は多くの解雇事件を抱えて、大変でした。しかしそれは言い訳にならないという思いが私には強く、周りに積極的に働きかけたのは事実です」

とスタート時を語る。日本IBM支部は当時、四つの解雇事件と、東京都労働委員会への不当労働行為の救済申し立てなどを抱え、目の回るような日々であったことは想像に難くない。裁判の長期化への逡巡《しゅんじゅん》もあったかもしれない。けれどもそうした状況も踏まえた展開について、

「どういう裁判にするかはよく考えました。解雇事件の方は、それぞれの人が業績不良で改善の見込みがないと先方が言ってきているわけですから、一人ひとりの解雇理由に対して個別に反論しなければならない。減額の方も同じように個々の内容で争ったら長期化してしまうんです。解雇事件の前に、早く判決を取らなければと思いました」

と言う。そこから出発した基本方針が、

「一人ひとりの成績評価が間違っているということではなく、就業規則を一方的に変更して、労働条件の低下、不利益をもたらした、こうした制度そのものが間違っているということで、中心は労働契約法一〇条違反なんです」

と、本質は労働法理の根本を問うものであったと強調する。就業規則の改定によっておこなわれる本減額措置のような場合に、その法意は、「労使の合意が原則。万やむを得ない場合に限り、使用者による労働条件の不利益変更が可能」とされていて、有効のハードルは極めて高いにもかかわらず、クリアできていなかったではないかという主張だ。

「就業規則の改定時期の二〇一〇年ころにIBMは、九四〇億円ほどの経常利益をあげています。労働者の賃金を下げる必要などまったくないんです。それに、これを実行するまでに労組と本格的な団体交渉を一回もやっていない。どこから見てもおかしいんです」

岡田弁護士は、会社側を追い詰めていった経過や、先方弁護士とのやりとりの逸話にも触れて会場内を沸かした後、判決前の「和解」協議について切り出した。

「裁判所は結審後、こちらを勝たせることを前提に、和解による解決を提案してきました。その内容は、『原告には遅延損害金も含め、請求金額全額を支払う。紛争全体を解決するために、翌二〇一四年に減額措置を受け、提訴を予定している組合員に対しても同様に扱う』というものでした。

私たちはこれに対し『お金の支払いだけではダメ、減額措置を撤回し、本給等を全て減額前に戻す。今後のことは組合とよく協議する』という要求を出しました。裁判所の強力な後押しがあったのか、会社も基本的にはこれらをのみ、その代わりに『和解したこと及び和解内容は公表しないのが条件』と言ってきました。これについては、私たちの方では織り込み済みで議論しており、『この条件がある限り、その他がどんなにいいものであっても和解には応じられない』ことを始めから明確にしておきました。

この裁判は、原告の救済だけを目的にしていたものではありません。『職場で同様に減額されている人たち、そしてＩＢＭだけでなく世の中にまかり通る成果主義賃金制度のひどさ、いい加減さを告発し、労働者に勇気を与えるものとしたい』と思ってたたかうことを決めたのです。裁判所から『こんなにいい条件はないでしょう。非公表は受け容れてもいいのでは』という説得がくるかなと思っていましたが、そんなことはなく、『そうでしょうね。皆さん社会のためにやられているのでしょうから』と一言あっただけでした。

弁護士の仕事で一番難しいのは『和解』なんです。ときには自分の依頼者を説得しなくちゃいけないからです。本件はその点では悩むこともなく、気持ちの良いものでした。ここまでこれたのは、この裁判の目標と位置づけを皆で議論し、共有していたからだと思います」

この間の様々な出来事を思い浮かべるように述べる、岡田弁護士の表情は清々しく誇らしげであった。そうした流れで会社が最後に選択したのは、「請求の認諾」すなわち、原告の請求が正しいことを認め、これをもって裁判を終わらせるという結果であった。これについては、「認諾は当事者間で言えば判決以上のものです。なぜなら、判決は第三者機関である裁判所が判断するものですが、認諾は相手自ら『間違っていました』と白旗を掲げたのですから。会社が判決を回避したのは、判決の方が世間に与える影響が大きいからです。ＩＢＭが負ければ、マスコミが報道して大変ですよ。それに加えて『減額の制度そのものがおかしい』という形になれば、言い訳ができなくなる。それで逃げたんでしょう」

と、岡田弁護士は締め括《くく》ったのだった。

■全額取り戻すまで頑張る

ふたたび浜本さんの話に戻ろう。自らの低位評価を知った浜本さんは、帰って夫と相談して組合への加入を決断した。

「いきなりの4評価だったんです。これまでは2がほとんどでした。上司の定年退職の置きみやげで1が付いたこともあります。一年の半分ほど育児休職していたときでも3でしたから、4がつくことはまずないと思っていたのでショックでした」

そこで浜本さんにピンときたのは、「私を辞めさせようと考えているのか」だったという。成績評価には稼働率（顧客からお金をもらって仕事をしている時間）の指標があり、この間客相手の仕事は少なかったので、3はあっても4を付けられるとの予感は全くなく、屈辱的なことだったろう。その日は何も言えず黙って帰ったが翌日浜本さんは、上司に面談を申し入れ、「4の評価にはまったく納得がいかない」と率直に述べた。

受けた上司も「覚悟していた」ようだ。まず、相対評価なので全員横並びではなく、この人数ではやむを得ないと説明した後、評価4に相当する、「『極めて不十分な貢献』という文言には私も違和感がある」と答えた。そして、「今年は驚くべき数字が上から下りてきて、自分も抵抗したのだが……」と洩《も》らしたという。浜本さんは、

「良識ある方なんですが、ライン（課長相当）になって一年目だったので、おそらくチームの中で一人4を付けるよう割り当てられたのでしょう」

と推測する。これについては隣席の杉野書記長が、

「自身が、どの集団の中で比較されているか、他人の目標や実績、それに付けられた評価も分からないのですから、ブラックボックスなんです。ライン間の力関係で、4が押しつけられたことは十分考えられますね。おかしなことですが、4を引き受けて来るのは駄目上司、との嘆きも職場では聞かれます」

と解説してくれた。すると浜本さんは、業務成績に関係なく「貧乏くじ」を引かされたことになってしまう。会社が浜本さんを辞めさせようとしたかはともかく、この経緯は、「極めて不十分な貢献」と決めつけ、「業務成績不良者」を意図的につくりだせることを証明している。

浜本さんを衝《つ》き動かしたのは、「こんな会社に付き合ってたまるか」という怒りだった。長年、一生懸命仕事をしてきて、相応の成果を上げてきた自負もすべて否定する会社の態度は、人間としての尊厳をも真っ向から打ち砕く仕打ち、と浜本さんの目には映ったろう。

「こうまでされて、ここで仕事をしていく意味があるのか、こんな会社辞めた方がいいと思ったし、事実これで辞めた人は多いと思います。冷静になって、辞める、たたかう、受け容れるの

三つの選択を考えたんです。黙って受け容れるってのは絶対ありませんでしたが、正直悩みました」

浜本さんはそう答えるが、たたかう決断は早かった。夫の後押しも大きかったと言う。

「私が強気に出られたのは、ひとつには共働きということがありました。それに、今までの評価や自身のスキルも考慮すると、クビになっても勝てるという覚悟があったんです。自分が大黒柱の立場だったら分かりませんが、アルバイトをしてでもと決意しました。このまま放っておいて、憤懣《ふんまん》やる方ない状態で仕事をするっていうのは、私には考えられなかったんです」

そう語る浜本さんの笑顔は爽やかだった。会社は、人としての尊厳を傷つけられたとき、捨て身で向かってくる浜本さんのような労働者が現れることを考えなかったのか。恐怖に陥れると人は従うという力の施策や、日本の労働法制をも無視する傲岸《ごうがん》さに異を唱える者が経営陣にいなかったのか。JMIU日本IBM支部は約一〇〇人という少数の労組ではある。しかし組合員らの身を挺しての叫びが、裁判官の心を動かしたのは間違いない。

「全額取り戻すまで頑張ります」

浜本さんは、きっぱりと答えた。

2章　大リストラの苛烈な歴史

■「業績不良」を偽装し解雇

「賃金減額裁判」の東京地裁における結審での意見陳述の際、原告側席で起立した岡田尚弁護士は、裁判長に目を向けながら最後に、

「賃金減額は正に退職強要、自主退職・解雇への一里塚である。戦後六〇年営々と築いてきた日本の労働法理・労使関係を、まったく歯牙《しが》にもかけない会社に、裁判所は鉄槌《てっつい》を下していただきたい」

と、力を込めてまとめた。

日本ＩＢＭの「ロックアウト解雇」に至る経緯と本質は、この発言に見事に要約されている。ちなみにロックアウト解雇を、ウェブサイトの『デジタル大辞泉』で引くと、「企業が労働者に対して、正当な理由がなく解雇を通告し、職場から締め出すこと」と記されている。的を射た表

記に筆者は感心したのだが、この、「正当な理由がなく」が肝心の点だ。

　ロックアウトとは、労働者側のストライキに対抗して、使用者が工場、作業所を閉鎖する行為を指し、往年の争議で体験した読者もいるだろう。日本の裁判所は、争議行為の際に、使用者のロックアウト権の行使を認め、「正当な範囲内」であれば賃金支払義務の免除も認める立場をとっている。しかし、このロックアウトに「解雇」が付くことで、様相は一変してくる。

　二〇一二年、日本IBMで最初にロックアウト解雇され、東京地裁に提訴してたたかう、石崎泰弘さん（52歳＝仮名）は、七月二〇日（金）午後五時に上長に呼び出された。会議室に行くと書類封筒を渡され、「中身を見てください」と言われて確認すると、そこには解雇予告通知および解雇理由証明書が入っていた。文書には、

「貴殿は、業績が低い状態が続いており、その間、会社は様々な改善機会の提供やその支援を試みたにもかかわらず業績の改善がなされず、会社は、もはやこの状態を放っておくことができないと判断しました。以上が貴殿を解雇する理由となります。これらの状態は、就業規則第53条2項の解雇事由に該当します」

　と書かれており、直前まで翌週の仕事の打ち合わせをしていた石崎さんは、突然のことに呆然としたという。会議室を出るときには、「付き添うので、五時三六分に会社を出てください」と一方的に通告される。休日を挟んで月曜日に出勤するとすでに入館できなくなっていた。受付で上司を呼び出してもらおうとしたところ、「上司、その他にもおつなぎできないことになってい

ます」と事務的に返されるだけだった。

この六日後に石崎さんは、問答無用で解雇されることになる。石崎さんは営業支援職としての多忙な業務のせいで「うつ病」を発症していた。だが、治療しながら仕事に励み、所属部門の「月間最優秀賞」を受けるなどの成績も残していた人だ。少し前の四月に石崎さんは、未払い残業代の支払いを求める提訴をおこなっていたので、「解雇は、報復としか思えない」と言う。

ＪＭＩＵ日本ＩＢＭ支部の東京分会執行委員であった石崎さんへの通告に、労働組合は直ちに抗議し団体交渉を持つ。しかし、その席上会社は、「総合的に勘案した結果」と述べるのみで、解雇理由とする業績の具体的説明は一切しなかった。そして、一回きりの団体交渉で解雇は強行されたのである。

石崎さんは、同支部の機関紙『かいな』で、「二五年以上もの毎日、熱意を持って働き続け、一家の生活設計も行っていた私には、とても受け入れられません。自分の生活を守るために、また今後、仲間である社員のみなさんに対して、すぐにでも会社が同じような『解雇の自由化』を行ってしまわないように、そして、安心して業務に励むことができるよう、勇気を奮って闘っていきます」

と決意を表明し、その後同様に解雇された二人とともに、一〇月に地位保全と賃金の支払いを求めて東京地裁に提訴した。

労働基準法では、特に解雇の種類について区別はされていないが、一般的には判例や慣習にもとづいて確立されたものとして、労働能力の低下等、労働者の個別的事由に基づく「普通解雇」、労働者を保護するに値しないほどの重大または悪質な行為に対する処分としての「懲戒解雇」、それに経営上の事由による人員削減の「整理解雇」に分類される。

このうち、企業が整理解雇をおこなうには、労働判例から確立された「整理解雇の四要件」と呼ばれる、①人員整理の必要性、②解雇回避努力義務の履行、③被解雇者選定の合理性、④解雇手続きの妥当性、の四点を満たすことが求められる。けれども日本IBMは当時、過去三年間においても毎年一、〇〇〇億円近い経常利益をあげており、整理解雇の適用はとうてい不可能であった。そこで飛びついたのが、労働者の「業績不良と改善の見込みがないという理由の偽装」による普通解雇、すなわちロックアウト解雇への道だったと推測できる。

■「売却」と退職強要の前史

日本IBMのロックアウト解雇はこうして始まるのだが、同社には大規模な「売却」と退職強要の前史がある。二〇〇一年以後の部門売却に端を発した過酷な施策に自らも翻弄《ほんろう》されてきた、日本IBM支部中央執行委員長の大岡義久《よしひさ》さん（50歳）がその全容を語ってくれた。

大岡さんは、IBMが誇るコンピューターの一貫生産工場である滋賀県の野洲《やす》事業所で、SLCと呼ばれる高密度ビルドアップ基板の生産に携わる技術者だった。それまで一二年間、常に高位であった大岡さんのPBC（業務成績評価）が一転する。会社が営業譲渡で所属部門を京セラに売却した際、転籍に同意しなかったからだ。以来大岡さんは見せしめで「スペシャルプロジェクト」に追いやられ、「干乾し」状態を余儀なくされることになる。

退職強要を拒否した後は、人材派遣会社への出向となり、そこから、繊維・情報通信材料・機器までを手掛ける大企業に派遣され、与えられたのは韓国の電機メーカーに赴く仕事だった。しかも派遣先では、ＩＢＭの社員であることを明かしてはならず、「これを破ったら懲戒処分になる」と威嚇《いかく》され、「日本に帰りたかったら退職するしかない」と上司から言い含められたという。

そんな環境下でも、常に前向きに仕事に取り組んでいた大岡さんたちは、会社のあまりの仕打ちに、絶望の境地に陥れられ、二〇〇四年の三月末に組合に加入し会社に通告する。大岡さんの課ではこのとき一七人が一緒に組合員となり、派遣会社への出向は立ち消えになったという。

「会社は、ハードウェア事業からサービス事業への転換を進めていました。私が属したハード部門を切り離す施策で、組織ごと葬られそうになり、身を守るために組合に入らざるを得なかったんです」

と大岡さんは当時を語る。

こうして、野洲事業所、藤沢事業所、大和事業所の開発製造部門の七〇〇〇人の労働者は、「労働契約承継法」により企業分割が容易となったことで、「会社ごと部門ごとのリストラ」で脅かされることになる。二〇〇一年に「半導体部門」が「セイコーエプソン」へ、二〇〇三年には「ハードディスク部門」が「日立」へ、「パソコン部門」の「レノボ」売却が二〇〇五年、そして

「プリンター部門」が二〇〇七年に「リコー」へと続き、有無を言わさぬ形の移籍で、労働者はおよそ二〇〇〇人に削減されたという。これにより日本IBMのハードウェア部門は、サーバーや大型記憶装置に特化されることになる。

このような過程を経て、二〇〇七年一〇月に日本IBMが、それまでのIBMアジア・パシフィックの指揮命令下から離れて、IBM米国本社の直轄管理となったことは、その後の経営施策の変遷に密接な関わりがあると言えるだろう。米国本社から役員、幹部が直接派遣されるようになり、同時に、これまで以上の売上高と利益の達成が至上命令とされていった。それは労働者にとって、米国流のリストラで切り捨てられる、茨《いばら》の道に他ならなかったのである。

二〇〇八年一〇月から一二月にかけて実施されたリソース・アクション・プログラム（Resource Action Program、略称RAプログラム）による人員削減は、公募は一切なく文字通りの「指名解雇」だった。上司がひとりずつ従業員を個室に呼び出して退職を勧奨し、応じなければ今度は、複数での個人面談の繰り返しにより強要する。そして相手を精神的に追い詰め、自ら「退職します」と言わせることを目的としたリストラプログラムであった。

当時、二〇〇八年一一月一三日付で、日経BP社のIT情報サイト「ITpro」は次のような記事を配信している。

〝「日本IBMが一〇〇〇人規模の人員削減を進めていることがわかった。年内の完了を目指す」

「業績評価制度（ＰＢＣ）の評価に基づき一万六〇〇〇人の社員から候補者を選定、退職金を積み増して退職を勧める。内部的には最低一〇〇〇人、最高で二〇〇〇人を削減目標とするもよう」

「今回のリストラによって日本ＩＢＭは一時的に一〇〇億円程度のコスト増を迫られるが、来期以降は収益構造が改善する見通し」〟

本記事の内容は、米国ＩＢＭの発表内容と合致していたし、このあとほぼ同様の大リストラが実施されたことから、確度の高い情報を得て記事が書かれたと組合は見ている。

会社は一〇月二七日に管理職を集め、「2008 Japan Management Summit」と称する会議を開催していたが、これをキックオフミーティングとして、全社的に退職勧奨・退職強要を実行に移したことが窺《うかが》える。この会議の開始後は、従業員から組合へのリストラ相談が一斉に増え、加入者が相次いだことも大岡さんは教えてくれた。

続いて一一月七日に、当時の社長兼会長の大歳卓麻氏は、「High Performance Culture の一層の推進について」というレターを社内ウェブのトップページに発表した。そこには、「業績が低く、改善が見られない社員に対しては、これまでどおりの仕事や処遇の維持は難しく、その場合は、本人のスキルや能力をより有意義に活用できる機会を、社外も視野にいれて見つけることを奨励していきます」

と記されていた。High Performance Culture（ハイパフォーマンス・カルチャー）については

1章（一一ページ）でもふれたが、社員が自分の担当する仕事で、高い成績をあげ続ける企業文化を一層推進するために、業績の低い社員は、社外に出て行きなさいと、トップ自身が宣言したのである。

この大歳氏については、記憶の方もいるだろう。二〇一二年八月にJR四ツ谷駅構内で女性のスカート内の盗撮事件を起こし、最高顧問を辞任した人物である。IBMグループ以外の複数の企業においても社外取締役を兼任していた氏は、同時期に、三菱UFJフィナンシャル・グループ、明治安田生命保険、カルビー、TOTO、花王の5社の社外取締役、そして総務省の情報通信審議会の会長も辞任した。この事件により東京簡易裁判所から罰金三〇万円の略式命令を受けていたことが報道されている。

また大歳氏は、『日経ビジネス』二〇〇一年四月二三日号の取材で、日本IBMは「人事制度改革で日本の毒味役になる」と公言したことでもよく知られている。「我々が毒味してみて、大丈夫そうだとなれば、日本の会社のみなさんもやりやすいんじゃないか」と、日本の制度を変えるのは外資系企業の使命とばかりに語っているのである。

一九九九年一二月に大歳氏は、五一歳で社長に就任。二〇〇八年四月より会長も兼務し、二〇〇九年からは専任の会長。事件直前の二〇一二年五月に最高顧問になったばかりだった。経済系ニュースサイト上では、「大歳さんは、日本IBMをブラック企業にした張本人」、そして「半端じゃないリストラの元凶」とOBたちの評が飛び交う。

経営トップの破廉恥《はれんち》な行為に職場では衝撃が走った。折しも石崎さんがロックアウト解雇された渦中での事件である。労組支部も黙過できず、正確な情報を伝えること、経営陣の起こした不祥事について会社として社員に謝罪すること、同氏の退職を認めず解任扱いとすること、また本人への損害賠償の請求などを申し入れたが、「すでに日本IBMを辞めており、個人に関することについてのコメントはいたしかねる」というのが会社回答だった。

「事件公表までの一週間ほどの間に手回しよく自主退職させての話です。退職金も相当もらっているでしょう。一般従業員とのあまりの落差に会社の倫理の欠如や身勝手が見てとれ、あきれるばかりです」と、支部機関紙『かいな』はコメントしている。

■三カ月で一五〇〇人が去る

二〇〇八年当時に話を戻そう。前出の大歳氏を最高責任者に進められた、「RAプログラム」の実行は、苛烈を極めた。当時の状況について、大岡さんは厳しい表情で語る。

「二〇〇八年一二月決算においても、前年度とほぼ同水準の約一、〇〇〇億円の純利益をあげる優良企業でしたから、会社はリストラを行う経済的必然性はまったくなかったんです。でもこれは、『2008年4Qリソース・アクション・プログラムの実施について』とよばれるガイドに基づき計画的に進められました。その冒頭部分には、『ラインの強いリーダーシップのもと、強力な推進と予定数の確実な達成をお願いするとともに予定数の達成が一人ひとりの

Accountability（結果責任）となる』と宣告しています。つまり管理職に対して、目標の人員削減が達成できなければ『ライン専門職の責任』だと、トップダウンで圧力をかけてきたんですね」

部下の首を切る結果責任が問われるとは、ライン専門職（課長相当）にとっても穏やかでない。彼らは結果がすべての絶体絶命の場に立たされたのである。大岡さんは続けた。

「退職を断った社員には、二度、三度と呼び出しがかけられます。そしてたいていの場合、退職を要求する言動がエスカレートしていくんです」

個人へのこうした執拗な働きかけは言葉だけではない。さらに追い打ちをかけるように、部門長からそれぞれに、次の「低評価予告メール」が送信されるのだという。

〝「面談の際にお伝えしたように、現在の業績が年末まで継続した場合は、PBC4となります。ご存じの通り、PBC4となると、賞与／定期俸については、所定の減額が実施されることになります。また、PBC4は降格の対象者にもなります。念のため、メールでご連絡いたします」〟

前章で詳述したように、PBC「4」は「極めて不十分な貢献」と定義されている最低の成績評価だ。威《おど》しに近い言葉で退職を何度も迫られ、さらに減額・降格を突きつけられると、よほどの覚悟がない限り、拒否の意志貫徹は難しい。「会社に不要の人間だから辞めろ」とされた屈辱は、想像に余りある。ましてや目標達成を義務付けられた管理職も、自身の存在にかけて猛進するのだから、異常な職場の空気に普通の人は耐えられなくなるだろう。

「こうして、わずか三カ月のあいだに、一五〇〇人もの従業員が自主退職に追い込まれたんです」

と大岡さんは唇を噛《か》む。

割り当てられた数を退職させなければならないライン専門職にとっても、この三カ月間は針の莚《むしろ》の日々だったと思える。会社は「ボトム一五％」、すなわち業務成績の低評価者を対象とすると明言していた。しかし、退職目標者数の「結果責任」を問われるライン専門職たちは、「数合わせ」を最優先に動くことになったのは想像に難くない。

「実際には、個人の成績の問題よりもライン専門職から見て、『辞めさせたい社員、辞めさせやすいと思われる社員』がターゲットにされたんですね。特に目立ったのは、メンタル面での症状をもともと抱えていた人です。それに従順な性格の人や自分の意思をハッキリと言えない人、新しい仕事に就いて間もない人、あろうことか、身体に障害を持つ人にまで迫っていくのが実態でした。ラインとそりが合わない人も、当然対象にされました」

大岡さんの話を耳にしていると、会社ぐるみ組織ぐるみで、「追い出し作戦」を挙行する、まさに無法地帯の職場の様子が見えてくる。

■「負け組は出て行け」と言われて

社員の人権もあったものではない振る舞いは、家族・家庭にも深刻な影響を及ぼす。当時、文部の副委員長として大岡さんは連日、職場労働者からの相談で駆けずり回っていた。

「会社はメンタル面で悩む人にも、容赦なくやってきますから悪質です。こうしたやり方が、どれほど人間の精神を根底から破壊し尽くしてしまうか、その罪深さに私自身恐怖を覚えるほどでした」

大岡さんは机上に目を落とし、こんなこともあったと、記憶を探るようにして話す。

「社員の奥さんから組合に電話がかかってきたんです。奥さんは、『退職しないと断っても執拗に面談がおこなわれます。主人はプライドの高い人で、このままでは自殺するかもしれません。組合の力で面談を止めてください、なぜこんなことが許されるんでしょうか』と、泣きながら訴えられたんです。私が、ご主人は明確に退職を断っているんですねと訊《たず》ねると、『そうです、何度も断っているんです』としっかり答えました。上司に、『負け組は会社から出て行けとまで言われて』と、また嗚咽《おえつ》されるんです……」

このときの電話は、息子さんらに聞かせたくないためか、自宅の外から掛けられていたそうだ。

「家族・家庭を守るために、ご夫婦で必死に努力されている様子が偲《しの》ばれました。この方は組合に入られなかったのですが」

と大岡さんは悔しそうに口を結ぶ。一五〇〇人という労働者が、様々な思いを込めて、泣く泣く職場を去った結果には、残酷という以外の形容は見当たらない。

こうした人権侵害そのものの退職強要に屈することなく、日本IBM支部は労働者の雇用を守るために奮闘してきた。二〇〇八年六月から二〇〇九年七月にかけて、六〇人近く、組合加入者が増えたことにも、それは証明されている。

同支部書記長の杉野憲作さん（57歳）もその一人だ。大学院時代、音声認識機能を人工知能で高度化する研究をおこなっていた杉野さんは、一九八三年に当時の藤沢研究所に入所した。入社後は主にオフィス・システムのソフトウェア開発に従事し、米国ダラスにある、IBM研究所に二年間駐在して研究を続けてきた経歴の持ち主でもある。

その後PC事業部に移り、パーソナルコンピューターのオペレーティングシステム、OS／2のマーケティング（販売やサービスなどの促進）業務に引き抜かれて、IBMが開発した「ViaVoice」（音声認識ソフト）を担当してきた。ViaVoiceは、声による文字入力機能だけではなく、テキストの読み上げ機能、それにWindowsの操作や会話処理機能も有している評判のソフトであった。杉野さんは「運命の出会い」と感じてマーケティングに心血を注ぎ、その「シェアを九〇％に持っていったことは自慢できます」と目を細める。

そんな杉野さんが退職勧奨の対象とされたのは、IBMがパソコン本体および関連ソフトの事業から撤退したためであった。

「事業の再編などでメインのラインから外れた者を追い出そうとするのが会社の常でした。私は組合員三人と一緒に二〇〇九年、人格否定、暴力行為、誹謗《ひぼう》中傷などの人権侵害を伴う退職強要の差し止めと損害賠償を求め、東京地方裁判所に提訴しました。その後の追加提訴もあって原告は四人になったんですが、東京地裁は二〇一〇年の暮れに、退職強要の手口を合法として、私たちの請求をいずれも棄却したんです。最高裁まで行って二〇一三年に負けました」

杉野さんの表情には納得できないとの思いが滲《にじ》む。東京地裁の判決について杉野さんは、

「最悪でした。『退職勧奨の対象となった社員がこれに消極的な意思を表明した場合であっても、それをもって、被告は、直ちに、退職勧奨のための説明ないし説得活動を終了しなければならないものではない』としてるんですから。それに裁判所は、『たとえ、その過程においていわば会社の戦力外と告知された当該社員が衝撃を受けたり、不快感や苛立ち等を感じたりして精神的に平静でいられないことがあったとしても、それをもって、直ちに違法となるものではない』との基準を立てたんですよ」

と、憤慨する。

その上判決は、会社の主張と会社側証人の証言を全面的に採用して、組織的な退職強要を許容した。以後舞台は東京高裁に移るが、予断と偏見に満ちた判決を大幅に修正はしたものの、地裁判決を踏襲する形で控訴は棄却され、最終的には最高裁で敗訴が確定という経過をたどったの

だ。

　この「退職強要事件」の後、日本IBMのリストラ施策はさらに強められ、強要の過程すら飛ばして、いきなりの解雇予告から「ロックアウト解雇」に至る乱暴な首切りへの道を突っ走ることになる。裁判所がこの段階で、「日本ではそうはいきませんよ」と、公正な判断を下していれば、どこかで暴走にブレーキが掛けられたのではという杉野さんの思いは、筆者にも肯《うなず》けるものであった。

■毒味役による労働法理・法制への挑戦

「日本IBMのグローバル化を徹底する」というのが、先の大歳卓麻氏が社長就任以後、次々と打ち出した「改革」の基本である。それは、外資であっても日本に根づく企業として大切にしてきた創立以来の伝統を廃し、米国IBMの仕組みを導入することにより、「グローバルIBM」への転換を目的としたものだったと言われている。

　これは過去、長い年月をかけて構築してきた人事・営業面の施策などで、いわゆる日本的な「独自のやり方」をご破算にすることを意味していた。日本IBMは、歴代の社長が時には米国本社ともやり合い、「日本では米国流は通じない」として、少しずつ日本特有のものを認めさせることで成長してきたと、IT業界メディアの解釈は共通している。

　だが大歳氏は、長年培ってきたものを壊し米国流の企業文化に置き換えようとした。それはもちろん米国本社の方針でもあったろう。そこに当然立ちはだかったのが、この国の労働者が血の滲むような努力を重ねて勝ち取ってきた、労働法理・労働法制であった。思い出されるのは、大歳氏の「毒味役」発言である。日本ＩＢＭの激しく間断のないリストラは、米日財界の熱い視線のもとでの、日本の労働法理・労働法制を打破するための挑戦の歴史であったと言えなくもない。

日本国憲法第二七条は、国民には勤労の権利（労働権）があることを明記している。よって国は、労働者の雇用が保障されるよう努める義務を負う。同時に企業が労働者をみだりに解雇してならないことは、この勤労の権利が根拠にもなっていて、二七条の二項では、労働者の労働条件は法律の基準を下回ってならないとし、労働基準法などで具体的に定めていると理解できる。

日本ＩＢＭの労働者のたたかいは、この国の労働法理・労働法制を守るか否かを問うものとして、その結果は、日本社会の現在と未来を決めると言っても過言ではないだろう。暴圧に屈することなく、組合員らはどう立ち向かっていったか。次章では、「ロックアウト解雇」に焦点を絞り詳しく追っていきたい。

3章　特命帯びたコストカッター新社長

■真の理由は、「扱いづらい」から

石崎泰弘さんが解雇された二カ月後の二〇一二年九月に、同様の方法で社員としての身分を断たれ、提訴してたたかう松木東彦《はるひこ》さん（43歳）の話を聞いたのは、二〇一五年九月の折しも、「戦争法案」が参議院の特別委員会で強行採決された翌日のことだった。

その日は、二〇一四年三月に解雇された堀本健一さん（53歳＝仮名）の裁判があり、報告集会を終えた後、日比谷公園内のカフェテラスの片隅で松木さんと向き合っていた。

Tシャツに深緑色のハーフパンツ姿でリュックを背負った松木さんを目にして、最初は意外な気がしたのだが、すぐに納得できた。典型的な理系ＩＢＭマンを想像していたのは筆者の思い込みで、松木さんは農業にも関心を持ち、「自給自足の生活に憧れている」という個性豊かな人だったのだ。

松木さんは、京都大学大学院エネルギー科学研究科を経て日本IBMの野洲《やす》研究所に入所し、「積層基板」などの開発に従事してきたハードウェア技術者である。解雇前はサービスエンジニアとして働く日々だったが、JMITU日本IBM支部委員長の大岡義久さんと同じく、過去に、京セラへの部門売却の際、転籍に同意しなかったことで、人材派遣会社への出向を強いられ翻弄《ほんろう》されてきた体験を有している。

解雇通告を受けた三年前の日のことを思い出しながら、松木さんは、

「五時に呼ばれて、延々と書類の内容を読み上げられたんです。そこでやっと自分が解雇されるらしいと気づきました。通告のときはしばらくボーッとしていたんです。それで以前からの知り合いの大岡さんに電話したんです。裁判をするのなら証拠が大事なので、とりあえずPCを確保しておくようにと言われました。職場に戻って、二五分くらいの間でしょうか、懸命にメールのバックアップを取ったんです」

と、語ってくれた。パソコンには松木さんと上司の間のやりとりなど証拠資料が保存されている。言語道断の解雇通告を受けた者が、裁判で弁護士に提供することを目的に、一時的にそれを保管するのは自衛の権利であろう。こうして松木さんは、職場であいさつもしないまま去ることになり、何か不祥事を起こして辞めさせられたのではという、尋常でない同僚の視線を感じた。仲の良い職場の人が後で電話をかけてきて、「おまえどうしたんだ」と言われたそうだ。

同時期に通告された人たちと同じで、PBC（業務成績）の評価の低さが解雇理由とされてい

ることに、松木さんは納得がいかなかった。後の法廷での陳述で松木さんは、

「私は入社以来、一〇人ほどの所属長を経験して来ましたが、PBCの3（下位二番目の評価）がつけられた際には、『君もがんばったが他の人の業績がよかったからね』と言われました。このように、比較対象者もわからず、さらにその母集団の評価分布すらわからない相対評価の方法で、目標に対するおおまかな達成度すら公表できないような、不透明なPBCでの低い評価が解雇理由になりえるでしょうか」

と、主張している。組合に加入し裁判でたたかう決心をしたいきさつについて、

「誰かがやらなければと考えました。ぼくは独身でしたし、生活は何とかなると思って」

と松木さんは述べる。当初から実名をオープンにし、松木さんはマスコミの取材にも顔を出していた。これについては、

「実名を出して裁判をやると、もし今後の再就職を考えたとき、確実に厳しくなるでしょう。IBMと争うとなると、まず大企業への道は絶対閉ざされるってこともありましたが、でも覚悟したんです。実名だと本気度も伝わり、いろんなメディアも真剣に向き合ってくれるかも知れませんし……」

と、控えめに答えてくれたが、その態度には、理不尽な解雇への強い怒りと、社内でも「おかしいことはおかしい」と、物を言い続けてきた松木さんの矜持《きょうじ》が感じとれた。

会社側が提出した裁判の準備書面には、些細な解雇理由の羅列のひとつに、「月次報告書に業

務と全く関係ない事項を記載する」とあった。これは、「社内規程や法令遵守《じゅんしゅ》に関する研修」を受けた松木さんが、2章で紹介した、元社長の大歳卓麻氏の事件に対する処理などにも触れ、「会社は本当に清廉潔白をめざしているのか」と、一社員として率直な疑問を呈したものだという。

「自分はこれまで、評価とかを気にしてこなかったし、昇給・昇進などにも関心を持たない方なので、会社としては扱いづらかったろうと思います」

と松木さんは、客観的に自己を見つめる。直属の上司との関係はよくなかったという。だが松木さんは、出向先の人材派遣会社所属の派遣社員として働いた、名の知られた企業では、「仕事を自由にやらせてもらい、入社を勧誘された」ほどの人だ。有能であっても日本IBMにとっては、会社の非を直言するような社員は疎《うと》ましかった。「扱いづらい」人物のレッテルを貼り解雇のターゲットにするところに、企業としての深い闇が見てとれる。

■変わったアメリカ本社の方針

二〇一二年七月二〇日に通告があり、その六日後に解雇された石崎泰弘さんを皮切りにおこなわれたロックアウト解雇は、日本IBM支部組合員らが、法の下に争う選択に移行しても止まることがなく、二〇一五年の四月まで続いた。以後、現在まで、停止するとの表明はないものの、組合員の被解雇者は出ていない状況からみると、一応の中断状態と言えるだろうか。

日本IBMの大リストラの苛烈な歴史について2章で詳述したが、あらゆる手段を弄《ろう》して退職強要から自主退職に追い込む形で社員の放出を計ってきた同社が、なぜ問答無用のロックアウト解雇への道に突き進んでいったのか。それは筆者にとって最大の関心事であった。

その問いを解くには、二〇一六年一月に、通信労組と組織統一をおこない、新たな産別組織JMITU（日本金属製造情報通信労働組合）としてスタートした労働組合の存在抜きには考えられないだろう。同労組のホームページには、

〝「働く者の権利とくらしをまもる」ことは、労働組合の本来の目的です。しかし残念ながら、民間、とくに大企業関連の労働組合では、その本来の機能が十分に果たせていないのが現状です。いまこそ労働組合の存在価値がためされているときです。JMITUには工場閉鎖を許さず職場をまもりぬいている仲間、希望退職の強要や子会社・分割会社などへの賃金ダウンの転籍、賃金カットなど、働く者の雇用とくらしを犠牲にするリストラとたたかっているたくさんの仲間がいます。〟

と記されているように、JMITU日本IBM支部がどんな組合であるかを知ることができる。たとい一〇〇人余の少数で構成される組合であっても、「たたかっているたくさんの仲間がいます」という表現に示されているように、「巨象」を相手に一歩も引かず対峙してきた労働組合が職場に根づいていた意味は大きい。

二〇一五年一二月はじめの夜、筆者が本ルポルタージュに取り組むきっかけともなった、JM

ＩＴＵの生態茂実委員長（全労連副議長）に、多忙な時間を割いていただき、日本ＩＢＭのたたかいの全容と本質についての話を聞いた。

生態氏とは、筆者が石川島播磨重工業の争議をモデルに『湾の篝火』という小説を二〇〇二年三月から「しんぶん赤旗」に連載した時の取材で、当時のＪＭＩＵ委員長石川武男氏を訪れたときに紹介されて以来のお付き合いである。いすゞ自動車の非正規切りとのたたかいをモデルに描いた、『時の行路』執筆の際に尽力くださったのも生態氏であった。

三年近くの間に、三五人もの組合員が一挙に生活の糧を奪われたのだから、それは支部の存立にも関わる大事件であった。東京、日暮里駅の近くの喫茶室の一角で生態氏は、ロックアウト解雇が乱発された二〇一二年当時からを振り返り、中央本部の委員長としての率直な胸の内を語ってくれた。

「それまでも労働組合に対する攻撃はいろいろありました。ノンユニオンを経営の根幹にすえた米国企業ですから、元々労組は認めないという姿勢でしたが、支部の皆さんはよく頑張り、一九七〇年代半ばから賃金差別などもはねのけてきました。近年は、業務成績低位者をつくりだしての退職強要なども、組合に入れば、それ以上はやらないというのが会社の基本的態度だったんです。それが明らかに変わったのです」

〝明らかに変わった〟というくだりで生態委員長は声を強め、何が変わったのかを詳しく話し始めた。

それは、二〇一二年の五月、本国ドイツで「コストカッター」と呼ばれる辣腕《らつわん》を振るい、業績を立て直してきた実績を持つ、マーティン・イェッター氏の社長就任が始まりだという。つまりこれは日本IBMの歴史上初めて、外国人社長が登場したことと関連付けられるが、イェッター氏が特命を帯びていたことが窺《うかが》える二〇一二年六月四日付の「日本経済新聞」の報道がある。

〝「日本の労働法制、解雇法制がどうなっているのか調べなさい」。米IBMで初の女性トップとなった社長兼最高経営責任者（CEO）のジニー・ロメッティは1月の就任早々、社内でそう指示を出した。

日本の法制では「業績が悪く人を減らす必要がある」「解雇する人を選んだ合理的な理由が説明できる」など厳しい条件を満たさなければ解雇は難しい。しかし、CEOが自ら声を上げた以上、日本IBMの人員削減が優先順位の高い課題と考えられているとみるのが自然だろう。〟

ここで登場する、米国IBMの頂点に立つジニー・ロメッティ氏とは、「1981年IBMにシステムエンジニアとして入社し、買収したコンサルティング部門の統合で頭角を現した後、上級副社長として営業部門のトップを務め、グローバルなマーケティングと経営戦略を統括」してきた人物らしい。

日経新聞記事のソースは不明だが、ロメッティ氏がこうした指示を出し、五月にはマーティン・イェッター氏の日本IBM社長就任、そして直後の七月にロックアウト解雇という流れからみると、新たな方式の従業員放出に踏み切っていった米国本社の大方針と符牒《ふちょう》が合う。それは当然マスコミでも取り沙汰《ざた》されていたのであろう。就任一カ月後の六月一五日にイェッター新社長が報道陣のインタビューに初めて応じたとして「ITpro」（日経ＢＰ社の情報通信技術の情報提供サイト）は次のように報じている。

〝就任後に大規模な人員削減など、日本ＩＢＭのリストラを行うのではとの観測については、「それはプレスが言っているルーマー（噂）だ。報じたプレスに聞いてくれ」と柔らかい表情で返した。〟

新社長はここでは噂だと大規模なリストラを否定した。しかし、「柔らかい表情で返した」というイェッター氏の態度の表現からは、裏にあるものを読み取った取材記者の直感が伝わってくるではないか。事実は、その一カ月後石崎さんに解雇予告通知が発せられ、ロックアウト解雇が猛威を振るっていったのだ。

生態委員長が〝明らかに変わった〟と述べた内容は、２章で触れた「グローバルＩＢＭ」への本格的転換を、人事・労務政策においても、ロメッティ氏からイェッター氏につながるラインで決断したことを意味する。

当時の状況について、２章でも登場いただいた、日本ＩＢＭ支部委員長の大岡義久さんが語っていたことが想起される。大岡さんは、

「最初に石崎さんが解雇されたのは二〇一二年の七月でしたが、そのときの団交で人事ワークフォース担当部長のＴＵ氏が、『これは例外的なこと』と述べていたんですね。私たちも新社長

に関するマスコミ報道を目にしていましたから、当然警戒はしていましたが、この時点では、組合員に対する解雇が、あのような形で続出するとは考えてもみなかったんです。ところが、この例外的だと言ったTU部長が、八月末にいきなり退職したんですよ」

と、当時を振り返っていた。

■労組敵視の「あからさまな攻撃」

「背後で何があったのか分かりませんでしたが、部長の突然の退職には驚きました。その後、九月から一〇人もの組合員が解雇されることになったんですね。この部長は、団交現場で僕らの主張にも何とか耳を傾け、自分の判断で行動する姿勢を若干は有していると感じられる人でした。以後は担当部長が次々と代わり、辞めた方もいます。それからの団交は、すぐに回答はしないで持ち帰り、だいぶ経ってから文書で返すというパターンが定着したんです。僕らと直接渡り合い、責任者らしい言葉を発したのはTUさんが最後だったと思います」

大岡さんは困惑の表情で説明してくれたのだったが、これが米国流というものなのか。裏で何があったのだろう。あくまで筆者の推測だが、労使関係を少しは大切にしなければとしてきた旧来のやり方を、新社長のもとで一喝され、順調なコースを歩んできたエリート管理職といえども辞めざるを得なかった（あるいは辞めさせられた）とすれば、非情というしかない。後の担当者はそれを教訓に、上層部の判断を黙々と仰ぐメッセンジャーに徹することになったとすれば、それはまさに恐怖支配の始まりだったのではないかと勘繰りたくもなる。

こうした経過のもとで、ＪＭＩＴＵ本部としても、新たな状況を並々ならぬ事態と認識していた。生態委員長は、

「新社長が来た時点で、明らかに会社の姿勢が変わった。これまでも差別や退職強要はあったが、解雇にまで踏み込んできた。これはリストラもふくめ大量解雇の前触れではないかと私は思いました。単に個々の解雇ということではなく、労組に対するあからさまな攻撃と捉えてきちんとやるべきだと、支部や弁護団の皆さんと議論したんです」

と言う。

そんな頃、日本ＩＢＭ支部のホームページサイトを通して、ある社員からメールが入った。同支部のホームページは、会社の状況など支部機関紙『かいな』の紙面をこまめにアップしているので、リストラがあると一気にアクセス数が増え、メールでの投稿も増えるのだという。一方的な会社情報しか与えられていない従業員にとって、それは自らの身を守るための貴重な情報源として頼りにされていたのだろう。

〝「イェッター社長は、労働組合を嫌っているようで、イェッター社長の指示で、まず先に労働組合員で成績の悪い人を解雇して、労働組合の存在を無意味にしておき、非組合員が労働組合に加入するのを防ごうとしているという話を、ラインマネージャをやっている知人から聞いたことがあります」〟

生態委員長は、このメールを見て、自身の予測が的中したと思ったという。

「これはね、いわゆる『タレこみ』の情報で、伝聞という形をとっていたんですけど、社内でそれなりの位置にいる人が、確かなものとして送ってきたのだと思います。とっさに、これが本質だと私は思ったんです。イェッター氏が本国の社長から特命を帯びてやって来たという明確な証拠はありませんけど、会社が思うとおりの解雇の自由を手に入れようとすると、たたかう労働組合の存在が決定的に邪魔になりますよ。イェッター氏がやってきて、覚悟の上で、これまでと根本的に違う新たな労務政策が始まったということなんです」

その実態は、嫌悪というより敵視と言えるだろう。生態委員長は理路整然と述べて、更に話を続けた。

「日本IBMは製造現場をどんどん切り捨てていって、事業を特化していきました。IBMの新たな企業戦略のなかで、めちゃめちゃ働いても文句を言わない、会社に都合の良い社員だけを残そうとしたのが大方針だったんです。会社は、個別の能力不足を解雇理由に掲げてきていますので、組合活動への支配介入を争点としていく大変さはありました。その点が裁判でも中心のひとつに据えられたのは、一〇人くらいの解雇者が出てからでしょうか。労組攻撃での証拠を出すのは難しかったのですが、立証が不十分でもやるしかないと、支部と弁護団が一体となって粘り強く向かっていきました」

なるほど、日本IBMが米国本社と同じように、社員の馘首《かくしゅ》が思い通りとなる「解雇の自由」

を手に入れようとしたことはよく理解できた。なら、なぜロックアウト解雇という新手の方法で社員放出に挑んできたのか、その理由を質《ただ》してみた。

「ＩＢＭが裁判で勝てると確信をもっていたかどうかは分かりませんが、業績不良という個別理由の偽装でいろいろ材料を揃《そろ》えた上で、やってみようという方針があったんだと思います。もうひとつは、退職強要だと労働者も、かなり頑張れるんです。そして労働組合に加入してくるんです。でもいきなり解雇をぶつけられると、誰でも頭が真っ白になりますよね。もう選択肢がないと思い込ませ、そこで一気に崩してあきらめさせる心理的効果も狙って、米国流の最も過激な方法でやってきたのだと思います」

生熊委員長は、このように答えてくれた。

逃げ道を塞《ふさ》いでいきなり解雇を通告し、退職を受け容れさせることができれば、会社にとってこんなに都合の良いことはないだろう。何度も勧奨・強要を重ねなければならないライン長クラスの負担も減らせるし、追い出し部屋をつくる資金と手間も省ける。生熊氏は続ける。

「これは日本の労働法制からも許されることではないんです。だけど、労働者が不当だと確信しても、裁判に立ち上がって長い年月をかけて争うというのは、よっぽどの覚悟がないとできませんよね。その辺も、憎らしいほどに会社は見通していたと思いますよ」

胸中の怒りを抑えて生熊氏は、淡々と述べているように見えた。だが、この話を耳にすると何より、事実が示す重さがひしひしと筆者に迫ってきたのだった。

■無法許さず、一二人が立ち上がる

この間、支部の組合員が別表に示す通りなんと三五人も解雇された（本表では、提訴者の方のみ本名あるいは仮名で表示させていただいた）。しかし、そのうち二三人が、家庭の様々な事情もあり、無念を胸に職場を去らざるを得なかった。中央本部委員長としての生熊氏の痛恨の思いは、生涯消えることはないだろう。

だがそうした側面だけを見ていると、事の本質を見失ってしまう。一方で、一二人の人たちが、無法を許さず、裁判も辞さないでたたかう道を選択したのは、驚異的なことだったのではないか。

ここで、組合員らが解雇された時期に対応して、六つの訴訟がたたかわれてきた一覧を記しておきたい。

・第一次訴訟＝二〇一二年一〇月一五日（東京地裁提訴）
・第二次訴訟＝二〇一三年六月二〇日（東京地裁提訴）
・大阪訴訟　＝二〇一三年八月九日（大阪地裁提訴）
・第三次訴訟＝二〇一三年九月二六日（東京地裁提訴）
・第四次訴訟＝二〇一四年七月三日（東京地裁提訴）
・第五次訴訟＝二〇一五年六月三日（東京地裁提訴）

表　ロックアウト解雇された人たち

番号	氏名	年齢	解雇予告通知日	解雇日	組合役職	備考
1	石崎泰弘	49	2012.7.20	7.26	分会執行委員	一次訴訟原告
2	A	51	2012.9.18	9.27	組合員	
3	B	48	2012.9.18	9.27	組合員	
4	＊松木東彦	40	2012.9.18	9.26	組合員	一次訴訟原告
5	C	34	2012.9.19	9.28	組合員	
6	D	54	2012.9.19	10.2	組合員	
7	塚原滋	53	2012.9.20	9.28	組合員	一次訴訟原告
8	E	54	2012.9.20	9.28	中央書記次長	
9	F	58	2012.9.20	9.28	組合員	
10	G	52	2012.9.21	9.28	組合員	
11	H	51	2012.10.2	10.9	中央執行委員	
12	I	55	2013.5.21	5.31	中央執行委員	
13	山本さくら	45	2013.5.31	6.12	中央執行委員	二次訴訟原告
14	J	49	2013.6.7	6.18	組合員	
15	K	50	2013.6.14	6.25	分会執行委員	
16	酒井真	57	2013.6.14	6.26	分会副委員長	二次訴訟原告
17	L	47	2013.6.18	6.28	中央会計監査	
18	M	52	2013.6.19	6.28	組合員	
19	N	51	2013.6.19	6.28	分会副委員長	
20	O	48	2013.6.21	6.28	組合員	
21	高原正之	50	2013.6.21	6.28	分会副委員長	三次訴訟原告
22	田中美代子	45	2013.6.21	6.28	組合員	大阪訴訟原告
23	佐藤一行	48	2013.6.21	6.28	中央執行委員	三次訴訟原告
24	大田敦	49	2013.6.21	6.28	組合員	三次訴訟原告
25	P	50	2013.6.21	6.28	組合員	
26	三島則幸	52	2013.6.24	6.28	分会執行委員	三次訴訟原告
27	Q	46	2014.3.10	3.28	分会書記長	
28	堀本健一	52	2014.3.10	3.28	組合員	四次訴訟原告
29	R	48	2014.3.12	3.28	中央執行委員	
30	S	44	2014.3.11	3.28	組合員	
31	T	45	2015.3.11	3.27	組合員	
32	U	55	2015.3.12	3.27	組合員	
33	V	45	2015.3.12	3.27	中央執行委員	
34	＊田中純	45	2015.3.17	4.3	中央執行委員	五次訴訟原告
35	W	43	2015.3.17	3.30	組合員	

注）＊印の方は本名で他の方は仮名、提訴外の方はイニシャル。年齢は解雇当時。敬称略。

提訴の時期、場所によって組合は右のように名づけている。

「少数の組合で、三年間に三五人も解雇されたんです。私も、いくらなんでも、こんなにやられるとは、まさかここまでやるとは思っていませんでした。大岡委員長は、組合員を守れなかったと、ほんとうに悔しがったんです。まともな経営者のやることじゃありません。正直ね、今度は止まるだろう、どこで止まるんだと常に思っていましたよ」

生熊委員長は、ふっと息を継いでから、一気に口にした。

「でもね、裁判っていうのはよっぽどの覚悟がないとできません。一二人はほんとうによく立ち上がったと思いますよ。自分のためだけを考えたらできるものではありません。賃金減額裁判で向かっていった人たちもそうですが、私は彼らの根底には、人間の尊厳ということがあったと思いますよ。一生懸命働いてきて、落ち度もないのにいきなり解雇されて、人間としての誇りもずたずたにされて傷つけられたという思いですね。黙って引き下がることに耐えられなかったと……」

静かなバックミュージックが流れる喫茶店のフロアで、冷静沈着に淀《よど》みなく語っていた生熊氏も、このときだけは声を強くした。人間の尊厳という言葉の持つ重さに、二人の間に暫《しば》し沈黙の時が訪れていた。

ロックアウト解雇された人たちの表をもう一度見てみよう。会社による解雇と組合側の提訴の時期を対比したとき、二〇一二年に東京地裁における争いが始まって以後翌年にも、次々と一五人を切っている。これは裁判の有無にかかわらず二〇一五年の四月まで続くのだが、会社の一貫した姿勢からは、勝利によって「解雇の自由」を手中に収めようとする並々ならぬ覚悟が見て取れるだろう。

解雇された人の生活を保証するまでの力量は残念ながら労組自体にはない。二〇一二年に立ち上がった人たちは、すでに三年余を経過している。雇用保険の給付期間が過ぎると、まったくの無収入状態に陥る本人と家族の恐怖は、想像に余りある。それでも、一二人の組合員は、自分たちの正しさを信じて疑わず向かっていったのである。

■人としての尊厳を守る

自身の、そして一家の生活破壊の困難も乗り越えて、一二人が裁判で抗する道を選択した根底には、他者が侵してはならない、人間の尊厳を守らなければという思いがあったのではと生態委員長は言う。生活の糧を奪われても、あえてたたかい守って行く、人としての尊厳とは何だろう。

日本国憲法の三つの基本原理の二つ目に「基本的人権の尊重」がある。人が生まれながらにして持つ生存の権利や自由を求める権利などがそこに記されていて、これらは最大限に尊重され侵すことのできない永久の権利として謳《うた》われている。

解雇された三五人はいずれも社員としての業務に精励し、それで得た賃金によって、一家はごく普通の日常生活を送っていた。そうした平穏の日々は、尊く重い。解雇とセットにして組まれていた、「自主退職に応じれば、加算金を支払います」という、札束をちらつかせたふるまいも、人を貶《おとし》める。

一線を越えて傷つけられたとき、自身を守るために捨て身で向かって行く行為は、自らの生の証を示す、気高い精神に支えられてのものなのだろう。

二〇一六年三月二八日には、第一次、第二次で併合された、ロックアウト解雇訴訟の判決が言い渡される。当該者のみならず、多くの労働者、そして解雇の自由を虎視眈々《こしたんたん》と狙う、米日大企業各社もその結果を注視しているに違いない。

４章　東京地裁、無法に鉄槌下す――判決日ドキュメント

■一次、二次訴訟、全員の解雇は無効

　桜の開花も一気に進んで、花見を楽しむ人々の目立った休日の翌日、二〇一六年三月二八日の東京地裁六三一号法廷には緊迫した空気が漂っていた。傍聴席は満席で、外で待機の人もいた。午後一時一〇分に開廷され、第一次、二次と併合された五人の原告からなる、ロックアウト解雇訴訟の判決主文を裁判長が読み上げ始めたのだった。早口で小さな裁判長の声が静かな廷内に響く。傍聴で、もっとも緊張させられる一瞬だった。

「原告石崎泰弘（仮名）と被告との間において、同原告が、被告に対し、労働契約上の権利を有する地位にあることを確認する」

　ここまでは、解雇無効の宣告だった。思わず、ヨシっと口の中で発して頷《うなず》く。しかしこの後に何が出て来るかは分からない。原告が五人いるので、何人かを勝たせて後は敗訴というケースも

考えられる。はやる気持ちを抑えて、裁判長を凝視する。

「被告は、原告石崎泰弘に対し、別紙金銭請求認容額等一覧表記載1の『支払期日』欄記載の日に『支払金額』欄記載の各金員をそれぞれ支払え」

どうやら、解雇は無効だから、判決確定日までの賃金を支払えとする意味だと理解出来た。が、具体的額はどうなのかなどと考えていると、次に、筆者がこれまで取材してきた、松木東彦《はるひこ》さんの名が読み上げられたのだ。

「原告松木東彦と被告との間において、同原告が、被告に対し、労働契約上の権利を有する地位にあることを確認する」

と裁判長が告げ、引き続き石崎さんと同様の支払い命令が確認される。そして次に塚原滋さん(仮名)についても同内容の言い渡しだった。第一次訴訟の全員が解雇無効の判決を得たことになる。

その後に、第二次訴訟の山本さくらさん(47歳=仮名)、酒井真さん(59歳=仮名)の二人にも、同じ内容が告げられて、納得がいった。正面左側の原告席の弁護士さんが、傍聴席の最前列に構える大岡委員長らに笑顔でシグナルを送るのを見て、全面勝訴が実感できたのだった。

数分あるかないかの短い時間だったが、裁判長が閉廷を告げ退席する際に、傍聴席から自然に拍手が沸き起こった。判決後には、すぐさま地裁門前で、傍聴できなかった関係者に伝える「旗出し」がおこなわれると聞いていた。

法廷から出て地裁門前に赴くと、大勢の支援者に囲まれ、「全面勝訴」「ＩＢＭのロックアウト解雇断罪」と墨書した二つの用紙を手にする、今泉義竜弁護士と細永貴子弁護士の姿がまぶしく目に映った。それは、折からの曇り空が一転した春の陽光に輝いている。弁護士七年目という細永弁護士は、山本さくらさんの担当であった。東京訴訟では唯一の女性原告に寄り添い、法廷で鋭く論陣を張った。「全面勝訴の旗出しをさせてもらって嬉しい」と語った細永弁護士が、山本さんと並んで写真撮影に応じる姿がほほえましかった。

百戦錬磨のベテランに、中堅、若手といった人たちでスクラムを組み構成された、三〇人に達する強力な弁護団は、ＩＢＭ側にとって脅威であったろう。「旗」をとりまく人々を見つめていると、あの無法に鉄槌《てっつい》が下ったことがひしひしと感じられ、筆者は、息詰まるようなやりとりが展開された、法廷の場面を思い起こしていたのだった。

■箱崎本社に「強制執行」入る

日本ＩＢＭ箱崎本社前には、道路を隔てて小さな公園がある。色づいた桜の花の先に建つ巨大な本社ビルに、そこから目を向けていた午後四時半過ぎ、東京地裁による強制執行が始まろうとしていた。強制執行とは、判決によって確定した私人の請求権を、当事者の申し立てに基づいて国家が強制力をもって実現する手続きを言うそうだ。原告らが、裁判所に賃金未払い分の差し押さえを申請したことにより実行されるものだった。

世界の巨象ＩＢＭが日本において労働者に違法行為をおこない、資産を差し押さえられる「世紀の大事件」とも言える。小説書きの血が騒いだと言おうか、ぜひ見届けなければとの思いに駆られて、馳せ参じたのだった。本社前の広場にはＪＭＩＴＵ本部の三木陵一書記長や原告、弁護団の方々に支援の組合員が勢ぞろいしていて、まもなくすると、東京地裁の執行官一人と執行官補三人の、計四人が現れたようだった。日本ＩＢＭ支部の大岡義久委員長らは、

〝日本ＩＢＭのロックアウト解雇断罪！
―裁判勝利―　現在、本社内で強制執行中〟

と黄色い紙に印刷したチラシを配布する態勢で待ち構えていた。左側奥の社員が出入りする通用口前には、人事・労務担当者が五人突っ立っていた。宣伝行動の際は紳士的対応で予め通告しているらしいのだが、いつもと様子が異なり、落ち着きがなくウロウロしているように見えた。

大岡さんらが話しているのを傍で聞くと、差し押さえの対象は現金や不動産以外の物で動産ということになるらしい。業務に直接関連するコンピューター類は対象外だと、社内にそう高価なものがあるとも思えなかった。「社長室の机や椅子を押さえるのかな」と誰かが洩《も》らすと、笑い声が起きる。暫《しば》くして執行官と弁護団は右側の玄関から社屋に入ったようだが、執行開始の合図はまだだった。人事・労務担当者も待ちくたびれてか、玄関口に不安げな目をやっている。

かれこれ一時間は経ったろうか、やっと執行開始の合図があり、一〇人余の組合員がビラ配布の位置に着いた。大岡委員長がハンドメガホンを手に話を始める。宣伝行動への前置きのあいさ

つの後、気迫のこもった大岡さんの声が、ビルの前に響いた。

「本日東京地裁において、ロックアウト解雇裁判一次、二次訴訟で五人全員の解雇を無効とする、全面勝訴の判決が出されました。そして東京地裁は日本ＩＢＭに対し、賃金未払い分の約一億一千五百万円を原告らに支払うよう命じました。それに従ってただいま、裁判所の執行官が本社に入り、動産資産の差し押さえをおこなっています。多くの弁護士さんも立ち会い、会社が正しく対応するかどうかを監視しています」

人事・労務担当者らは大岡さんの話を、耳をそばだてて聴いているのだろう。普段の宣伝行動の場とは異なり、何を言われるのかと緊張の様子が見受けられる。一人の女性は、ノートらしきものを手にして、内容を懸命に筆記している。

「解雇は無効とされ社員としての地位が認められたのですから、命令に従って会社は、賃金の未払い分をすみやかに支払い、原告五人をただちに職場に戻すよう行動を起こすべきです。いま差し押さえをおこなっている裁判所の執行官は私たちの味方です。私たちは、執行官の方々への激励の意味もこめて宣伝行動をおこなっています。執行官頑張れ、頑張ってください――」

大岡さんはなんと、執行官へのエールを送っている。もし今日の判決で、敗訴なら当然として、一部勝訴だとこの場面はありえなかったろう。

大岡さんの訴えは続いていた。

「私たちは、このようなロックアウト解雇は止めるよう再三にわたって主張してきました。そして精神的な圧迫を加える退職強要はおかしいではないかと抗議してきましたが、これについても労働基準監督署で労災が認定されています。さらに賃金減額は違法であると訴えてきましたが、会社は認諾してもいまだにこの人たちの賃金を元に戻さず第二次の提訴となっています。ロックアウト解雇裁判の結果は、日本社会の解雇自由化につながるものとして、マスコミの関心も高く注目を集めていました。そうしたもとで、東京地裁から解雇無効の判決が出されたのです。裁判所の執行官が当日に差し押さえるというのは極めてまれで、日本ＩＢＭという会社に猛省を促していることに他なりません。私たちはやむを得ず裁判所や労働委員会の場で争ってきたわけですが、こうしたことで会社のイメージが低下し、学生さんの就職人気企業ランキングも下がるといった事態を望むものではありません。従業員が会社を訴えるのはよほどのことで、このような状況は異常と言えるでしょう。法廷に上司を立たせて組合員攻撃の証言を強い、苦痛を与えるなどは、どう見ても健全な企業のすることとは思えません。もう、このようなことは止めようではありませんか。いまこそ私たちは、争議の全面解決の英断を強く会社に求めます。そうして、従業員がほんとうに働きやすい職場を目指していこうではないですか」

午後五時を過ぎると、ビルの中から出てくる人も増えてきた。帰宅者ばかりでなく、これから顧客のところに向かう社員もいるのかもしれない。

大岡さんに代わって今度は、ＪＭＩＴＵ中央本部の三木陵一書記長がマイクを握っていた。日本ＩＢＭの組合員らにぴったりと付き、最前線で力を尽くしてきた三木書記長にとって、今日の勝利は特別感慨深いに違いない。その訴えに呼応するかのように、「全面勝訴」の旗を横目で見ながら、配布するチラシにそっと手を伸ばす人々の姿が夕陽に照らされていた。後で聞いたが、この日執行官は、総額、約四〇〇〇万円の絵画を差し押さえたそうだ。

■熱気あふれる、勝利の報告大集会

夜になると判決の報告決起集会が開かれるので、五時半過ぎには本社前を後にし、全労連会館に駆けつけた。ゼッケンを身につけた日本IBM支部の人たちが入口に立ち、出席者を迎えている。勝利のときとはこういうものなのだろうか。たがいに喜び合う様子があちこちで見られ、どの顔も明るい。

宣伝行動を終えて会場に着いたばかりの三木書記長が、「判決の内容を報告し、さらにIBMロックアウト解雇闘争の全面解決に向けて、意思統一をする報告決起集会をただいまから始めていきたいと思います」と告げる声も弾んでいた。この日の集会は、「日本IBM解雇撤回闘争支援全国連絡会」が主催して開くものだった。

日本IBM支部の組合員二六人が解雇通告を受ける（二〇一三年六月末時点）という状況下で、全国的規模の支援の必要が叫ばれていた。そこで全労連の議長を中心に、単産や県・府労連議長などが呼びかけ、二〇一三年の一二月四日に、八〇〇人の支援者が集まり、「日本IBM解雇撤回闘争支援全国連絡会」の結成総会を開いたのだった。その後全国連絡会は代表委員会を定期的に持ち、支援集会の開催や日本IBM本社への申し入れ行動などにも取り組んで来ていた。

最初に全国連絡会を代表して、小田川義和全労連議長が立った。この頃には、拍手の音もひときわ高く響き興奮に包まれる二階ホールの会場は、全て埋め尽くされていた。

「久しぶりの勝利判決は何より」と、にこやかな表情で場内を見渡してから、

「この間不屈のたたかいを続けられてきた原告と日本IBM支部、JMITUの皆さん、裁判闘争を一緒にたたかわれた弁護団の皆さん、たたかいを支えてくださった支援団体・個人の皆さんに、感謝を申し上げます。皆さん方の力が見事に反映した、今日の全面勝利の結果を共に喜びあいたいと思います」

と切り出した小田川議長は、解雇自由化の施策を進める安倍政権のもとでの判決が、労働者全体を励ます大きな意義を持つことなどにも触れ、「解雇された労働者全員を職場に戻すために、引き続くたたかいのご支援を」と呼びかけた。

次にあいさつに立ったJMITUの生熊茂実委員長が、「まず最初に、ありがとうございます」と礼を述べると、一斉に勝利を称える拍手が寄せられる。

「勝つと信じていましたし、それを前提にたたかいを組んで来たのですが、判決を聞くまでは若干の不安がなかったわけではありません。あらためて今日、五人全員の勝訴判決を勝ち取り、ありがたいなという思いでいます」

と生熊氏は語り、原告をはじめとする各位の労をねぎらった後、

「ＪＡＬの不当解雇でたたかっている仲間、社保庁に解雇され、たたかっている仲間など、裁判所の反動化のなかで非常に苦労し奮闘されてきた、そうしたたたかいのうえに今回の勝利があると思います。公正でない裁判所への批判を私たちがみんなでやって来た、そうした積み重ねが、裁判所も考えざるをえない状況をつくりだしたと言えるのではないでしょうか」

と、強調した。判決については、

「一定の不満も持っています。こんなことでいいのかと思うところがないわけではありませんが、裁判には引き分けがなく、明らかに勝ったわけですから、全面勝利として喜びたい。ＩＢＭがやってきた日本の解雇規制に対する挑戦をはねのけたんです。そのことを皆さんとともに確認したいと思います」

と述べて生態氏は、今回の判決はアベノミクスのもとで、「企業が世界で一番活動しやすい国」をめざす解雇規制緩和の流れを食い止めることになったとし、

「いまＩＢＭの職場は、解雇や賃金減額で労働者が怯《おび》え、暗いものになっています。職場では笑い声が聞こえない状態と聞いています。頑張れば跳ね返すことはできるんだと、職場で働く仲間に勇気を与えるのが今回の結果です。私たちのＪＭＩＴＵの組合に沢山の仲間を迎える状況をつくることが、これからの解雇や不当な賃金減額を食い止める大きな力になります」と強固な組合づくりを呼びかけ、「一刻も早く全面解決に向けて奮闘していきたい」と宣言した。

■解雇規制法理への攻撃、退ける

この後、水口《みなぐち》洋介弁護士による判決内容についての報告に入った。司会の三木書記長より、JMITU、日本IBM支部、ロックアウト解雇事件弁護団、連名の「声明」の中身を見ながらお聞きくださいとの紹介があった。声明が本判決について触れた主要な部分は、次のとおりである。

〝東京地裁は、解雇の有効性については、原告らに一部、業績不良があるとしたが、「業務を担当させられないほどのものとは認められず、相対評価による低評価が続いたからといって解雇すべきほどのものとも認められないこと、原告らは被告に入社後配置転換もされてきたこと、原告らに職種や勤務地の限定があったとは認められないことなどの事情もある」として、本件「解雇は、客観的に合理的な理由を欠き、社会通念上相当であるとは認められないから、権利濫用として無効というべきである」とした。まさに、IBMによる日本の解雇規制法理への攻撃を退けた点について高く評価できる。

他方、東京地裁は、上司が本件組合に対する否定的な評価の発言をしたことを認定しながら、解雇の判断に直接つながるような内容ではないとして、不当労働行為性を否定した。この点は不十分な判断である。〟

声明にもとづいて、水口弁護士は丁寧で分かりやすい内容の報告を始めた。「高校生の時に、公害裁判や冤罪《えんざい》事件に取り組む弁護士に憧れた」のがきっかけで、水口氏は「強者から弱者の権利を守るというポリシー」のもとに、三〇年間活躍されている。氏のブログ、「夜明け前の独り言　弁護士　水口洋介」は、発信内容が多岐にわたっていて、二〇一五年一二月でアクセス数累計が八〇万件を超えたというからファンの多いことが窺《うかが》える。

さてここでの報告内容は、紙幅の関係で、筆者の主観による限られた記述になることをお断りしておきたい。水口弁護士は、

「二〇〇八年に退職強要の嵐が吹き荒れました。このとき組合は果敢に抵抗し、三人の方が違法な退職強要であるとして損害賠償を請求してたたかいました。残念ながら一審で不当判決、高裁については若干修正されましたがやはり負けて、最高裁でも敗訴しました。しかしこのとき、二〇〇八年末までに一三〇〇人が退職させられたけれど、『解雇はなかった』という点について、被告の人事担当者の証人尋問で明らかにさせたということがあります。この退職強要の際に組合はよくたたかって信頼を得、組合員が増えたということがありました。ところが二〇一二年にイエッターという外国人社長がやってきて、いままでのような退職強要では組合員が増えて、組合を強くするだけだとして、まず組合員を解雇しておき、組合に入っても無駄だという見せしめをする計画に変えてきたと私どもは捉えています。裁判所はこれを認定しませんでしたが、やはりそうした背景があり、この点を浮き彫りにさせたのが、損害賠償請求でたたかった、かつての退職強要事件でして、当時のたたかいが今回の解雇事件につながっているということをぜひ強調し

ておきたいと思います」

と、ロックアウト解雇に至った経緯について述べた。そして、

「会社は、五人の方たちの業績が不良で、改善の見込みがないと個別に判断した解雇だと、あくまでも個別理由の解雇と主張しています。しかしそれぞれの方は、一五年、二〇年、二五年以上しっかり働いてきています。それに会社が言う個別理由の解雇であれば、なんでこんな時期に集中するのか、四半期ごとに解雇するというのはありえないわけなんです。IBMは毎年リストラ資金を予算計上して、全世界的規模のリストラを進めています。これに合わせて、フランスでは労働組合と協議して人員削減をおこない、インドやアメリカもそうです。まさに軌を一にしておこなっているんですね。ところが日本においては、労働組合と協議することもなく業績不良という名目で解雇する、こういう流れなんです」

と、解雇の背景を要約して説明した。

「企業が人員削減をする際の常套《じょうとう》手段として、整理解雇があります。しかし日本IBMはなんだかんだといっても年に九〇〇億円もの経常利益をあげていますし、整理解雇と言ったんでは、日本の裁判所の判断基準である整理解雇四要件に反してしまいますから、個別の業績不良であると主張するしかなかったわけです。私はこの事件のポイントはそこだと思います。それに並行して賃金減額があります。相対評価に基づいて賃金の一〇%〜一五%もの減額を、しかも累積で毎年やる。こうした評価を意図的におこない業績不良者をつくり、合法を装って解雇しようとした

のがこの事件の本質だと言えます。つまりＩＢＭは、これまで日本の裁判所が採ってきた、解雇権濫用法理のハードルを下げることをねらい、それを壊そうとしてきたんです」

話を聞くほどに、時間をかけて練ってきた、ＩＢＭ側の狡猾《こうかつ》な戦略が見えてくる。水口弁護士は続けた。

「東京地裁において私どもは、いま述べた総論的な主張をしたうえで、該当する業績不良の理由・事実はないと反論しました。真のねらいはリストラ解雇であるという総論と、この背景事実についての各論の部分に分けて主張しましたが、残念ながら裁判所は、総論部分については踏み込まず、原告五人の個々が業績不良であったか改善の見込みがなかったかどうかなどで個別に判断しました。でも結論では勝っていますから、これでいいわけなんですが、とはいえ本当のねらいが明確にならなかったというのは不十分であります」

水口弁護士は悠然と語りながらも、やや無念の表情を見せた。そして裁判所に対し、弁護団はどのように向かって行ったかの内容に移っていったのだった。

「こうした業績不良解雇でよく知られている東京地裁判決に、一九九九年のセガ・エンタープライゼス事件があります。これは、相対的な評価が低い、平均に達していないということで一人だけ解雇されたものです。いまから一六～七年前のことですが裁判所はこの解雇を否定しました。その後、世の中の雇用環境も大きく変わり、ＩＢＭのような成果主義賃金、能力主義労務管理が日本企業においても全面的に導入される状況のもとで、果たして東京地裁労働部が、ある意味で日本の労働法理の常識を維持できるかどうか、それが厳しく問われた事件だったと言えます。たとえばＪＡＬの裁判ですが、いままでの整理解雇法理で言えば、これは勝たなければならなかったんです。それが、会社更生事件であることなどを理由に裁判所は解雇を許してしまいました。ＪＡＬで起きたことが、またＩＢＭで起きるのではないか、教科書通りで勝てるわけがない、気を緩めたら負けてしまうんだと危機感を持って、原告、組合に我々弁護団も全力を投入してきました。その結果が五人の全員勝利に結びついたのです」

■不当労働行為性否定の判断は、不十分

水口弁護士はきっぱりと口にしてから、最後に、損害賠償の請求部分について話を進めた。声明文にも記されているように、不当労働行為について判決は、労働組合に対する不当な事実を個別には認定し、また、解雇された時点の団交拒否が、都労委、中労委で不当労働行為とされたことなども認定しながら、

「当該上司の組合に対する否定的発言が、ただちに直接の解雇理由としてつながっていると裏付ける証拠はないとしているんです。どんな証拠なんでしょうね（笑い）。こういう理由で損害賠償請求を否定しました。事実認定では一歩前進ですが、我々としては、逃げてしまったということで不十分と思っています」

と、口惜しそうであった。が、最後に、

「米国資本が安倍内閣に解雇の規制緩和導入を迫る状況下で、まさにアメリカの中心的な大企業ＩＢＭが相手の解雇事件に全員勝ったことの意味はほんとうに大きいと思います。あと六人がたたかっています。一日も早い全面勝訴そして、労働委員会でのたたかいの解決をはかり、賃金減額の二次訴訟も勝利しなければなりません。年内の全面解決のために弁護団も、原告、ＪＭＩＴＵ、すべての支援の皆さんと一緒になってたたかっていきたいと思います。共に頑張りましょう」

と締め括《くく》り報告を終えた水口弁護士に、会場から万雷の拍手が送られたのだった。

■全ての勝利に向けて決意固める

引き続き集会では、国公労連、自治労連、医労連、千葉労連、ＪＡＬなど各支援団体の代表が、喜びと労《ねぎら》いをこめた連帯の挨拶《あいさつ》を送った。その後、ロックアウト解雇一次、二次訴訟原告の塚原滋さん、酒井真さん、山本さくらさんがそれぞれ前に立ち、また賃金減額二次訴訟の原告団も登壇し、これまでの支援へのお礼を述べ、今後のたたかいへの決意を表明した。一次訴訟の原告として記者会見に臨んだ松木東彦さんの姿は会場になかったが、後にメールにより、「とりあえず、五人全員が勝訴したことは、良かったと思います」と、コメントを寄せてくれた。

最後に、日本ＩＢＭ支部の大岡委員長が立った。印象に残った話を記しておこう。

「実は私最近、どうも組合の委員長として、私と社長が対等というか、社長の方が、より下に見えてくるんですね。前のイェッター氏のときには、何をやるか分からなくて、正直恐怖を感じたこともありました。しかし今は違います、私たちが対等の立場よりずっと上にいるように見えてくるんです」

大岡さんがそう口にすると、会場から「そうだっ」の声が響く。大岡さんはつづけて、

「なぜかと言えば、それは、私たちの組合が、会社側を追い込んでいるということだと思います。続く三次、四次、五次も勝って、原告をすべて職場に戻さなければなりません、そして、第二次の賃金減額訴訟に立ち上がった二一人も全員勝利しなければなりません。これからもいっそう頑張る覚悟でいます。ご支援をよろしくお願いいたします。本日は二〇〇人の方々に集まっていただき、ほんとうにありがとうございました」

と結んだ。終わりに全国支援連を代表して、東京地評（地方労働組合評議会）の森田稔議長のユーモアあふれる閉会あいさつがあり、団結ガンバローを三唱した後、場内に「がんばろう」の歌声が響きながら集会は閉じた。

この日のフィナーレは、近くの居酒屋での交流会であった。五〇人もがそこにつどい、今後の完勝に向けての英気を養ったのだった。

5章　労働委員会でも会社を追い込む

■「木を見て森を見ず」の判決の部分

東京地裁における一次、二次訴訟勝利判決の余韻も冷めやらぬ四月二一日午前十時、筆者は東京都庁第一本庁舎S塔三八階にある労働委員会の審問室にいた。JMITU日本IBM支部が申し立てている「不当労働行為事件」の調査を傍聴するためであった。よく晴れた日には、高層のビルから遠くに富士山が見え眺望が楽しめるのだが、この日は残念ながら曇り空だった。

支部の組合員らが、なぜ裁判と並行して労働委員会に救済を申し立て、もう一つのたたかいに挑んでいるのか、JMITU生熊茂実委員長が語ってくれたことを紹介しておきたい。

「解雇の無効を裁判で勝ち取っても、職場に復帰できるというわけではありません。しかし労働委員会は間接的な強制力を持っているんですね」

最初に、生熊氏はきっぱりと述べた。労働委員会は、労働者の団結擁護・労働関係の公正な調整企図を目的として都道府県に置かれる行政委員会である。委員会は、使用者委員・労働者委員・公益委員で構成され、不当労働行為に関する調査・審問の結果に基づく命令を発し、労働争議の斡旋《あっせん》、調停及び仲裁を行うことを主な仕事としている。そこで、労働委員会における「間接的な強制力」とは何か、具体的な内容を質問すると、生熊氏は、

「『不当労働行為による解雇』という労働委員会の救済命令が出ていれば、会社がこれを不服として命令取り消しの行政訴訟を起こしたときに、判決が確定するまで命令に従うよう、裁判所に『緊急命令』を求めることができます。不当労働行為による解雇は、労働組合活動を職場から排除することが目的なので、被解雇者を職場に戻さないと意味をなさないのです。職場復帰の緊急命令が出て、それに従わなければ、会社は最高で一日一〇万円を過料として支払わなければなりません。そうしたことによって、職場復帰を間接的に強制することになるんです」

と、分かりやすく答えてくれた。そして今後の展望を次のように語る、生熊氏の表情は明るかった。

「ですから、不当労働行為による解雇、職場復帰の命令を得て、晴れてみんなが戻る道をつくりたいということがありました。賃金減額についても私たちは、不当労働行為だと労働委員会で主張してきました。これが今回の裁判で認諾となり、光が見えてきたと言えるでしょうか。両方でというのはたしかに大変なのですが、相互作用と言いますか、それぞれの場でのたたかいによってＩＢＭを追い込んできているんですよ」

このインタビューは二〇一五年一二月の時点だったので、その後一次、二次訴訟で解雇無効の判決を勝ち取ったことにより、いまは更に光が射した状況にある。だが、地裁で勝った事件も、会社、組合の双方が控訴し、争いの舞台は高裁へと移っている。職場復帰に向けて組合員らは、今後試練のハードルを越えて行かなければならない。労働委員会の場でも現在、「不当労働行為」をめぐって熾烈《しれつ》な総力戦が展開されているのだった。

4章で報告した第一次、二次ロックアウト解雇事件の東京地裁訴訟においても、この不当労働行為性の判断が争点となっていた。ところが判決は、労働組合に対する不当な行為の事実を個別には認め、また、解雇時の団交拒否が、東京都労働委員会（以後、都労委と呼ぶ）、中央労働委員会（以後、中労委と呼ぶ）で不当労働行為とされたことなども認定する一方で、組合員への解雇予告は、直接的には「組合差別による不当労働行為とは認められず、不当労働行為であることを理由とする不法行為の成立は認められない」と結論付けた。ゆえに前章で記した水口洋介弁護士の、「事実認定では一歩前進ですが、我々としては、逃げてしまったということで不十分」という発言となっているのだった。

こうした裁判所の判断は、解雇は無効にしてあげたのだから、後は目を瞑《つぶ》りなさいと言わんばかりで、一般市民の感覚からするとどうにも不自然だ。読者諸氏には、3章で記した、「イェッター社長の指示で、まず先に労働組合員で成績の悪い人を解雇して、労働組合の存在を無意味にしておき、非組合員が労働組合に加入するのを防ごうとしている」

という組合に寄せられたメール（3章・四八ページ）を思い起こしていただきたい。

解雇予告者が組合員に集中していた異様さについては、二〇一四年五月一五日の第三次訴訟法廷において、原告側代理人、橋本佳代子弁護士が意見陳述で明らかにしている。橋本氏は、「本解雇の目的は労働組合の排除にあります」として、当時解雇予告された労働者総数四一一人のなかに日本ＩＢＭ支部の組合員が二五人もふくまれていたことを指摘し、全従業員一万四〇〇〇人のうち原告らが加入する組合員が一四四人という数字と対比したとき、解雇予告された組合員数が圧倒的に多い異常を数学の「確率論」の見地から立証しているのだった。

こうした点について判決が、「解雇予告をされた者に占める組合員の比率が全社員中の組合員の比率を上回っているからと言って、組合員を差別的に解雇予告したとは認められず、他に組合員であることを理由に解雇の対象としたことの裏付けはない」としているのは、理解しがたい解釈と言える。そもそも「解雇の自由を手に入れる特命」を帯びてやってきたイェッター社長以前には、組合員への解雇はなかったのであり、本質に踏み込むのを回避した、「木を見て森を見ず」の判決の部分は厳しく批判されるべきであろう。

■中労委も断じた「不当労働行為」

既に報告してきたように会社は、二〇一二年九月一八日から二〇日にかけて組合員八人に対し解雇を予告し、その際、九月二一日までに自主退職を選択すれば割増退職金を支払う旨の通知も同時に行っていた。組合は、自主退職期限である二一日の団体交渉で、この問題を議題とするよう求めたのに対し、会社は拒否した。これが正当な理由のない団交拒否にあたるとして、六人の組合員は、二〇一二年の一一月、「不当労働行為」の救済を都労委に申し立てたのである。

都労委は、翌年八月二八日に、会社側の対応は不当労働行為にあたると認定した。都労委の命令は、「時間がなかった」「多忙であった」などという会社側の弁解について、「正当な理由とは認められない」とし、「今後、このような行為を繰り返さない」との文書を社内に掲示するよう命じた。そして以後もさらに、「組合員に対して解雇予告を行う場合、可能な限り、自主退職期限までに組合との団体交渉に応ずるよう努めるのは、当然のこと」と労組無視の会社の姿勢に厳しく釘を刺したのだった。

しかしこれによって、ＩＢＭ側の態度が変わることはなかった。会社は中労委に都労委命令への不服申し立てをおこなう一方で、賃金減額やロックアウト解雇を次々と強行した。こうした事態に組合は、都労委命令の「実効確保の措置勧告申立て」を二〇一四年三月に行うのである。労働委員会の命令が放置され救済の効力が阻まれるなどのおそれがある場合、当事者に対して必要な措置をとるよう勧告することを、「実効確保の措置勧告」という。これに応えて都労委は、四月一一日付で会社に配慮を求める「要望書」を出す。しかしそれでも頑迷な会社の不当な行為が続いたため、都労委は六月二七日付で再度「紛争の拡大を招くおそれのある行為を控えるよう」求める「要望書」を出すに至ったのだった。

まさに日本の行政委員会が出した命令をあざ笑うかのようなＩＢＭ側の姿勢は一貫していた。二度の要望書にも関わらず、以後も退職勧奨・解雇通告の挙が一向に収まらなかったため、都労委はついに、労使関係が不安定化の一途をたどっていることを「極めて遺憾」とした上で、解雇にあたって十分な協議・説明など「格段の配慮を払え」とする「勧告書」の提出に踏み切ったのである。「要望書」より一段高いレベルの「勧告書」による行政指導をおこなったことは、都労委がいかに日本ＩＢＭの行為を悪質と見ていたかの証明とも言えよう。

　こうして労働委員会における争いは、二〇一五年の七月一〇日に中労委がＩＢＭ側の不服申し立てを却下したことにより、一時的に決着はついた。都労委が命じた労組への謝罪文掲載を中労委が認定したことで、

日本IBM社長名の謝罪文

平成２７年７月１７日

全日本金属情報機器労働組合
　中央執行委員長　生熊 茂実　殿

全日本金属情報機器労働組合東京地方本部
　執行委員長　小山内 文春 殿

全日本金属情報機器労働組合日本アイビーエム支部
　中央執行委員長　大岡 義久　殿

日本アイ・ビー・エム株式会社
代表取締役　与那嶺 ポール

　当社が、平成２４年９月１８日から同月２０日までの間に、貴組合らの組合員[redacted]氏、同[redacted]氏、同[redacted]氏、同[redacted]氏、同[redacted]氏及び同[redacted]氏（全日本金属情報機器労働組合日本アイビーエム支部書記次長）に対して、それぞれ行った解雇予告通知の件について、貴組合らから、同月１８日から同月２１日の間に、同月２１日に予定されていた団体交渉の議題として協議するよう申入れがあったことに対して、これを受け入れなかったことは、中央労働委員会において、不当労働行為であると認定されました。
　今後、このような行為を繰り返さないようにします。

ＩＢＭ側は社内にそれを掲示するという経過をたどったのだ。機関紙『かいな』には、図に示すように与那嶺ポール社長名の謝罪文の写真が大きく掲載されている。しかしこの時、箱崎本社での掲示は、社員が普段行き来する通路から大きく離れたところで、脇にガードマンが立ち「近づくのさえはばかられる雰囲気の中」でなされたというから、姑息《こそく》な態度と従業員の目には映ったであろう。

その時点でもなお会社は、「解雇そのものは間違っていない」「解雇は不当だと思っていない」とうそぶいていたという。都労委命令をないがしろにする姿勢を貫いてきたＩＢＭだったが、さすがに中労委命令まで無視することはできなかった。組合員へのロックアウト解雇がその後生じていないことからも、労働委員会における粘り強いたたかいの効力は現れており、生態氏が言うように「両方のたたかいによってＩＢＭを追い込んできた」のは貴重な成果に違いない。

けれども会社は依然、労組との協議による解決には断固拒否の姿勢をとり続けており、都労委におけるたたかいは今も、「ロックアウト解雇、賃金減額等に関する不当労働行為事件」として係属しているのである。

こうした経緯からみても、労働組合法七条が禁じている、「組合員であることを理由とする解雇その他の不利益取扱い」を日本ＩＢＭがおこなってきたのは一目瞭然と言えよう。会社が労働委員会の命令に従わないのは、労組を対等の相手として共通の土俵に上ることが、自分たちの目的を遂げる上で決定的に不利だったからに他ならない。謝罪文の掲示はしても、労組との交渉のテーブルに着こうとはしない、労働委員会への面従腹背の姿勢そのものが、重大な不当労働行為に相当すると言えば、事件の全体がくっきりと見えてくるではないか。

■組合活動への支配介入が今後の争点

労働委員会における経緯について述べてきたが、ここで再び都労委調査の現場に戻る。この日の都労委の調査は、最初に組合側が審問室に入って始まった。

公益委員がそこで、先だっての東京地裁における判決以後の動きについて訊《たず》ねたのに対し、杉野憲作書記長が立って答えた。杉野さんは、五人が全員勝訴したことを告げた後、

「不当労働行為については私たちの主張とは異なった解釈をされ、不服でしたので控訴しました。また賃金減額につきましては、認諾後、団体交渉を行っても会社に解決の意志はなく、労働組合を無視する姿勢は続いていますので、やむを得ず東京地裁に第二次提訴をしました」

と報告した。続いて組合側代理人の穂積匡史《まさし》弁護士は、

「判決は、会社による労働組合活動への支配介入について踏み込んでいません。解雇された人の総数を母集団としますと、組合員の比率は異常に高いという実態があります。その辺りの判断もぜひお願いしたいと考えます」

と、不当労働行為性の認定を求めるべく補足したのだった。公益委員からは、「本委員会においては不当労働行為について審議するので、組合側としての対応を」との意向が表明され、穂積

弁護士は、「全体として合理性のない解雇であることは明らかになっていますので、当方としては、判決に基づいた上で不当労働行為の主張をしていきます」と答えたのだった。

さらに調査の場で、組合は、一連の会社の態度は先の勧告書にも反するものであり、「賃金減額問題の全面解決について、誠実に協議をしなければならない」として、この二月に追加の実効確保措置勧告を申し立てていた件について質《ただ》した。これについては公益委員より、「既に勧告書を出していることもあり、現段階で新たな勧告は考えていない。趣旨を尊重されたい旨を、口頭で双方に申し入れる」との回答がなされたのだった。

組合側が退出した後に引き続き、使用者側の調査がおこなわれ、その後三者が一堂に会して次回の日程が決められ調査は終了した。

本事件で、筆者が労働委員会の場を傍聴したのは三度目であった。裁判においては、証人尋問の場を除いて、直接当事者間のやりとりがなされることはいたって少ない。何が争点でどのような成果が得られたのかは、弁護士さんの報告でやっと理解できるという流れだ。しかし労働委員会においては、意見交換が形式的でなく、担当委員の肉声も聞こえるというのが率直な印象である。

東京地裁が踏み込まなかった、組合の弱体化をねらった解雇としての不当労働行為の認定、ひいては職場復帰を勝ち取るためにも、今後のたたかいの重要性を痛感させられた労働委員会の場であった。

■賃金減額事件、二二人が第二次提訴

ここで、都労委調査の場で組合側が提起した「賃金減額事件」の、その後の経過について記しておきたい。

裁判で会社が「認諾」したことを受け、組合はこれまで、すべての組合員の不利益回復や、二〇一三年分以外の賃金減額についてなど、団体交渉による全面解決を目指して交渉をおこなってきた。だが、杉野さんの発言にあったように、会社が一向に解決しようとする姿勢を見せないため、二〇一六年二月一八日に「第二次賃金減額裁判」を起こし、東京地裁に提訴した。大岡義久委員長は先日、これに対して、

「先の裁判では賃金制度そのものの違法性を訴えました。それを会社が認諾したのですから、この制度によって減額された労働者の不利益分をすべて回復するのが筋というものです。しかし会社は二〇一五年一二月七日に、『減額調整については当面保留します』との発表をしたのみで、フリーハンドで減額できる制度自体を変更する姿勢を見せていません。このような制度は修正して元に戻すべきですが、一切応じないばかりか、あろうことか会社は、二次訴訟に対して『甘受します』と回答したんですよ」

と話し、二の句が継げないと言った面持ちで続けた。

「第二次訴訟の原告は、二〇一三年分の賃金減額の回復を求め新たに加わった人と二〇一四年

分の賃金減額の回復を求める人で、第一次の倍以上の二一人にもなりました。請求総額はなんと約四五〇〇万円に達します」

制度が違法という判決を恐れ、直前に「白旗を掲げて」おきながら、何ということか。いかにIBMでもこれを同じ弁護士事務所に任せることはできず、担当は変えてきたらしい。本国からの指示だろうが首を傾《かし》げざるを得ない態度である。

さて今回は、労働委員会でのたたかいと判決の不当労働行為部分についての報告が主となったが、ここで、筆者が取材した組合員のなかで、労組破壊を目的とした典型的な解雇に相当すると、強く感じた五次訴訟の原告をぜひ紹介しておきたいと思う。

■仕組まれた、労組活動家への解雇

猛烈な暑さに見舞われ始めていた二〇一五年の七月一三日。筆者は、東京地裁の法廷で、「ロックアウト解雇」された田中純さん（46歳）の陳述に耳を傾けていた。

田中さんは裁判長にまっすぐ目を向け、解雇の不当を主張し、夫人と4歳になったばかりの娘さんの三人家族で、「雇用保険の給付と貯蓄を切り崩しながら、何とかやりくりして暮らしている」生活の実態も吐露していた。

ロータスで知られた表計算システムやグループウェアなど応用ソフトの顧客対応を担当するエンジニアの田中さんと筆者が初めて会ったのは、二〇一五年一月末、東京都港区赤坂にある労組の事務所を訪ねたときだった。十数人の組合員が参加する、「ＰＢＣ・ＰＩＰ、賃金減額リストラ対策集会」の場を取材させていただいたのである。その日は、過重な働きが原因のメンタル面の症状で苦しむ方への退職強要にどう対処していくかなど、仲間を思いやりながらの真剣な論議が交わされていたのだった。

会議の場で田中さんは、日本ＩＢＭ支部の中央執行委員としてこまめに動き回っていた。眼鏡の奥の眼差しの優しい、誠実な紳士という印象のこの人が、放出対象にされるとはよもや思わなかったし、その後解雇の報を耳にして筆者は、いつ降りかかってくるか分からない「ロックアウト解雇」の恐怖を改めて実感させられていた。そこで解雇一カ月後の五月六日に支部の事務所を訪れ、委員長の大岡さんの同席も得て事件の顚末《てんまつ》を訊《き》いたのだった。

田中さんは、東日本大震災の原発事故の後に、放射能汚染の少ない場所にということで静岡県三島市の近くに移住した。それからは自腹で新幹線による通勤を選択していたという。冒頭に田中さんは、

「私は、仕事が人生の中心だとは思っていません。人間らしい生活が仕事で阻害されるのは困るという考えの者なんです」

と、口にしたのだが、放射能汚染の問題に対してなども、確固たる信念のもとに行動するタイプの人なのだと思えた。

田中さんは、二〇一五年の三月一七日の朝に、所属長から午後五時に会議室に来るようメール

で指示された。定刻に指定の部屋におもむくと所属長が構えていて、直後に部門のトップである研究所長と人事の担当者が現れると、逃げるように部屋を出ていったという。以後の経過は既に報告してきた人たちとほぼ同じなので詳細は割愛する。

五時に呼び出されるということで田中さんはすぐにピンと来た。それで部屋に入る前に予《あらかじ》め、「解雇です。〇〇の会議室にいます」と携帯電話にメール文を書きこみ、送信ボタンを押せば大岡さんに届くように準備していたそうだ。通告を受け会議室を後にした田中さんは、所属長と人事担当の監視下に置かれ、自席に戻って私物をまとめさせられる。急を知った大岡さんが駆けつけると、顔を合わせたこともない所属長が、「あ、大岡さん」とすぐさま声を発したという。大岡さんは、

「突然解雇を通告されると、皆、頭の中が真っ白になって正常な判断ができなくなるんです。だから委員長の私が駆けつけることにしています。田中さんの所属長が私を見て名を口にしたのは、事前に人事担当らと周到なシミュレーションをしていて、ぼくが来るというのも分かっていたからでしょうね」

と、その背景を明かしてくれた。

■手をとりあう労組に見た、一条の光

こうして解雇された田中さんは、二〇一五年の六月三日に第五次訴訟の原告として東京地裁に

提訴することになる。

田中さんは、二〇〇五年から中央執行委員の任に就き、労組支部の中心的な活動家であった。組合にはその二年前に自分から入ったそうだ。職場の周りに組合員はいなかったが、ウェブサイトでJMIU労組のことを知り、以前から支部機関紙『かいな』を定期購読していたという。

ロータス・デベロップメント社の業務移管により日本IBMに転籍した田中さんの残業は、当時、月に七〇時間を下らなかったし、前の会社と比べて異常を痛感したという。

「同僚の人も顔色が悪いし、このままでは、私は殺されると思いました。上司に申告しても何も変わらなかったので、必要に迫られて組合に入ったんです」

田中さんは労組加入以前にも、カットされた残業代の支払いと、自身の所属部署の環境改善を求めて、一人、労働基準監督署に申告していたというから、高い権利意識の持ち主である。スマートで柔和な感じのどこに、このような闘志が秘められているのかと思ってしまう。大岡さんは、「IBM支部には退職勧奨をされて組合に入った人が多いんです。田中さんは珍しいケースですね」と言う。

あの二〇〇八年の大リストラの時に田中さんは、自身の退職強要を跳ね返し、日常の仕事をこなしながら、中央執行委員として職場の人たちとの相談に明け暮れたそうだ。そんな田中さんの日々を大岡さんは、

「日中は通常業務で忙殺されていますから、退職強要された人たちとの話し合いに時間を割く

余裕があったわけではないんです。けど、増え続ける相談には対処しなければなりません。ですから田中さんは、仕事を終えた夜だけでなく、昼休みや仕事前の早朝にも話を聞くといった状況でした。彼は、満足な昼食の時間もとれず、パンやおにぎりをかじって過ごす日々だったんですよ」

と、修羅場のころを思い出すようにして、語ってくれた。そういう大岡さん自身も同じ毎日だったのだろう。

「相談の後に帰宅してからも、会社宛の退職強要中止の申し入れ書の作成に追われるんです。さらに相談活動の合間を縫って、組合の会議がありました。情報収集した結果に基づいて対策を練り、本社・事業所単位の団体交渉に臨んでいましたから、目の回るような忙しさだったと思いますよ。帰宅しても疲労で奥さんとの会話が少なくなり、やつれていると心配されたそうです。体重もこの間四キロ減ったと聞いています」

当時の組合役員の奮闘ぶりを話し、大岡さんはさらに、

「田中さんは当初から実名を出して、新聞やテレビのマスコミ取材にも応じてましたから、ほんとうに大変だったでしょう」

と、広報活動についても言及した。この様子を耳にすれば、職場労働者のために身を粉にして活動する、労働組合の存在が手に取るように見えてくる。田中さんはこの頃、一七人を組合に迎え入れたそうだ。こうした日本ＩＢＭ支部の組合員らの行動に支えられ、多くの人が退職強要に屈することなく踏ん張れたのだろう。

労働組合とは何なのかという問いかけへの答えがそこに明確に示されている。みんなで手をとりあってたたかう労組の姿に一条の光を見、人は身を寄せてきた。だからこそ組合は、解雇の自由を手中に収めようとする日本ＩＢＭにとって不倶戴天《ふぐたいてん》の敵となる存在であり、労働者のために奮闘する田中さんのような活動家は邪魔で仕方がなかった。労働組合弱体化のために田中さんを標的にし、能力不足を偽装して向かってきた会社の意図は、隠しようがなく透けて見える。

田中さんには当時、配置転換の話が持ち出されていた。組合は解雇予告の前日まで、「中央執行委員の配転に関する労使協定」に基づいた団体交渉を会社とおこなっており、そこでは両者の間で合意に達していた。その矢先に解雇が通告されたというのは、「田中を切れ」との上層部の命令が下されたと見るのが自然だろう。会社にとって、「こんなに辞めさせたい組合役員はいなかったのでは」と大岡さんも言う。

裁判において田中さん側は、

〝本件解雇は、労働組合員であることを理由とする不利益取り扱い（労組法七条一号）ないし支配介入（同条三号）としてなされた解雇であり、無効である。〟

と、労組破壊を目的としておこなわれたことを強く主張している。

程度の差はあれ、解雇を通告された組合員らは、皆、同じような環境下に置かれていた。解雇の無効だけではなく、一連の不当労働行為に対する断罪は、裁判所と労働委員会それぞれに課せられた使命として、いま鋭く問われている。

6章　法廷からのレポート

■止まった時刻、貴重な日々を失う

二〇一五年一二月より追跡してきたルポルタージュも、本章で一応の区切りとしたい。この間、まさに労使双方の総力戦とも言えるたたかいの取材を続けてきたのだが、二〇一六年に入ってから五月末までに、法廷・審問の場は一三回を数え、うち長時間の証人尋問は四回あった。

毎回、四〇余の傍聴席がほぼ埋め尽くされる法廷には、裁判官、証人に弁護士さんらの一挙手一投足はもちろんのこと、顔を合わせるＩＢＭの人事担当者などに観察の目を向ける、小説書きとしての自分がいた。本章では、そうした状況もふくめて、筆者が見てきた法廷からの報告を主に記しておきたいと思う。

二〇一五年の一一月一六日。ロックアウト解雇、一次、二次裁判の結審となる日、原告として意見陳述する予定であった、山本さくらさん（48歳＝仮名）の姿はなかった。山本さんは体調不良で出席できず、大事な法廷の最後の「意見陳述書」を、担当の細永貴子弁護士が代読したのだった。

システムエンジニアとして、技術系・経理・銀行システムなど様々な分野の業務を手がけ、プロジェクトマネージャーの任もこなしてきた実績を有する山本さんは、他の人たちと全く同じ通告を受け、二〇一三年の六月に解雇された。その一年前ころから、退職勧奨に追い討ちをかける毎週の面談により、「うつ状態」となってしまったという。

山本さんは二〇〇四年ころ、将来性あるごく少数の社員だけに与えられる「トップ・タレント」に選出されていたほどの人だ。職場では支部の中央執行委員として活動していたことから、「会社は労働組合を嫌悪し、私を排除するために解雇したのは明らかです」と自身で訴えていた。

その結審日のちょうど四カ月前の七月に、地裁でおこなわれた、山本さんの上長らも出廷しての証人尋問の場を筆者は傍聴していた。真夏日が連日続き、暑さの堪《こた》える法廷だった。そこで目にしたのは、執拗な退職強要によりメンタル面での健康を害し、「睡眠障害」で苦しむ山本さんに対し、いわゆる瞬時の「居眠り」を職場ぐるみで記録させ追い詰めるというパワハラ行為に等しい異常さであった。

就業中に監視下に置いて、空白の時間を過大に記し、後の面談の場で数字を盾に詰問するのだから本人はたまったものではない。当時山本さんは、「うつ症状が出ている」と医者に診断されていたのだが、上司にはそれを言えなかった。「うつ症状で解雇された人がいたので、もしかして自分も突然にという」恐怖があったからだと、山本さんは尋問の場で理由を述べている。

ちなみに、過重労働によりうつ病を発症し療養中に解雇された東芝の社員が、解雇の無効と損害賠償を求めていた「東芝過労うつ解雇事件」において、最高裁は二〇一四年三月に、「メンタルヘルスは申告がなくても（会社側に）安全配慮義務がある」と判断し、心の疾患では病歴の申告がなくても会社に責任があることを明確に示している。

当該上司が山本さんに、「起きてますか」と短時間に頻繁にメール送信してきたことや、そうした嫌がらせに耐えられず、早く止めてほしいとの思いから、山本さんが一応「すみません」と返信したことなどが生々しく明かされると、廷内は傍聴者の吐息で一瞬どよめいた。誰も声を発していたわけではない。が、あまりにもひどい苛《いじ》めの実態に、驚きと怒りの思いが重なりこだましたのだろう。裁判長がすぐさま「静かにしてください」と声を発したほどだった。

メンタルヘルスの疾患を有する山本さんを、会社側弁護士が容赦なく攻める尋問の場は痛々しくさえあった。だが山本さんは毅然と受けて、自身の全存在をかけた長い緊張のときを乗り切ったのだった。

結審の日、異例の代読という場に接して筆者は、尋問での極度のプレッシャーによる病状の悪化を気にかけながら、細永弁護士が読み上げる意見陳述に耳を傾けていたのである。そこで山本さんは、日本ＩＢＭの社員として、長年培ってきたスキルがユーザーに還元できるようこれまで精一杯努力してきたことを述べた後、

「それが突然解雇されてしまい、技術についても業務知識についても、残念なるかな、あのロックアウトを受けた日、受けたあの時刻で止まってしまっています。自らに貯めた技術と日々の研鑽《けんさん》を合わせて最高の仕事ができる貴重な二年半近くの日々を、私はすでに失ってしまいました。ＩＴの世界は特に日進月歩です。進歩から取り残された時間は私自身のみならず、ＩＢＭという会社にとっても損失ではないかと思います」

と主張したのだった。

東京訴訟で唯一の女性原告の山本さんの姿は、筆者が当時取材していた「いすゞ自動車非正規切り」裁判の場でよく見かけていた。終了後の報告集会で、自分たちの争議支援を呼びかける山本さんの話は、正直、弁舌さわやかとは言えなかった。しかし慣れないながらも笑みを浮かべ、真摯《しんし》な態度で訴える山本さんの姿は印象に残っていた。

ＩＴ技術者としての誇りと理不尽な解雇への怒りなど、山本さんの心の底からの叫びを必死で伝えようとする、細永弁護士の凛《りん》とした声が響いていた。度重なり退職を迫られ、偏頭痛の頻度が増し、胃痛や吐き気の症状などにも苦しんで、ディスプレイを見るのも辛かった毎日を綴《つづ》って

山本さんは、

「一度壊れてしまった身体が元に戻るのは難しく、今でも通院と服薬を続けています。裁判を闘いながらの通院は、金銭面からも、また将来に対する不安からも厳しいものがあります」と、病に向き合う日々に触れた後、いま両親の年金により暮らしている「親不孝」を申し訳なく思う

として、父と母の「存命中」に職場復帰の実現をと結んだのだった。

ただちに職場に帰ることができたとしても、失われた山本さんの三年余は戻ってこない。心の傷を癒やすにもしばらくの時間を要するだろう。勝利判決を得て現在、裁判の舞台は高裁に移り、熾烈《しれつ》なたたかいは相変わらず続く。山本さんにほんとうの春がやってくるのは、まだ先のことだ。

■ブログで応援するお母さん

ＩＴ技術者として社内のアプリケーションシステムの保守業務を担当していて解雇された、第三次訴訟の原告の高原正之さん（53歳＝仮名）は、二〇一六年の二月三日に証人尋問のトップに立った。他の原告と同じく高原さんの解雇は「業務不良」が理由であった。しかしその日の尋問では、元の上司らが些細《ささい》なことを並べ立てても、解雇に相当するほどの理由のないことが浮き彫りになり、同時に、以前メンタルヘルス疾患を原因とする休職歴のある高原さんに対し、残業が増えて症状が悪化していたにも関わらず、配慮を怠っていた会社の無責任ぶりが明らかにされるという展開であった。

そこでは終始、弁護士の質問にも理路整然と向かっていた高原さんだったが、不当な解雇に抗する原告としての本音を吐露した瞬間があった。

「それでは、最後に、裁判所に言いたいことはありますか」

と、原告側の河村洋弁護士に訊《き》かれたとき高原さんは、姿勢を正して裁判長に視線を向け、少し間を置いてから切り出した。

「先日、八〇歳を超える母親が、確定申告の準備をしているときに、『正之はわたしの扶養家族なのよね』とつぶやいたんです。年金暮らしの老いた母親に苦しい生活を強いていることを思うと、私は、情けなくて……」

そこまでいって突然、高原さんの声が止まった。しんとした法廷を包んだのは、低く漏れてくる高原さんの嗚咽《おえつ》だった。かなりの間に感じられたが、実際は僅《わず》かな時間だったのだと思う。口を真一文字に結んだ裁判長の目は、そのとき、じっと高原さんに注がれていた。

「解雇を通告され、荷物をまとめさせられていました。そこで上司が、自主退職を選べば、高原さんの場合一〇〇〇万円が加算されますよと言ったんです。カネで頬面を叩《たた》けば何でも言うことが通ると聞こえて、怒りが込み上げてきました。退館してからもそれがずっと私の頭にこびり付いていたのです……」

ロックアウト解雇通告時の無念を、高原さんは思い出したのだろう。途切れ途切れに口にしながらも踏ん張り、最後に裁判長を正視し、「裁判所におかれましては、公正な判断をお願いします」と締め括《くく》ったのだった。

原告席に戻って、眼鏡を外し、ハンカチで顔を拭う高原さんの端正な表情が、いまも筆者の目に焼き付いている。

二〇一五年四月九日の第三次訴訟の法廷において、高原さんは意見陳述をおこなっていた。そこで高原さんは、二〇一三年五月当時、組合の中心メンバーに対するロックアウト解雇が始まっていたことから、お母さんに、

「今の状況だと俺もロックアウト解雇されるかもしれない。こんな不当なことは許しておけないから、もし解雇されたら裁判をしたい。生活は苦しくなると思うけど」

と、告げたことを明かした。そのときお母さんは、「そうだね。いざとなったら今の家を売って小さなところに引っ越すかねえ」と答えてくれたと述べている。

文書でだが、母と子のそうしたやりとりを目にしていただけに、筆者の脳裏にとっさにお母さんのことが過《よぎ》っていたのだった。

じつは、このお母さんがブログで、息子さんの裁判について発信していることを偶然知った。そこでお母さんは、法廷に通って見た裁判の様子を記し、たたかう息子を励ましながら、時には淡々とIBMの非道を告発し支援を呼びかけていたのだ。

〝息子たちも言っています。このIBMのような横暴がまかり通ったら日本の労働者の生活はドン底に追い込まれる。そうならないように自分たちは裁判を闘っていると〟

ただ息子のためだけでなく、広く社会に目を向けて、お母さんは客観的に文章を綴っていた。子を思う母の愛情と一家で立ち向かう姿が画面から伝わり、筆者は思わず胸を熱くしていた。原告らのそれぞれに、法廷や運動の場だけでは見えない、家族の熱いたたかいがあることを思い知

らされたのだった。一次、二次訴訟の勝訴判決の日に、報告集会の場で偶然、高原さん母子にお会いすることができた。ブログのことをお話しすると、「よく分かりましたね」と高原さんは微笑んだ。勝利を祝して素敵なお母さんとも握手を交わすことができた、幸せな一日であった。

■「社畜」を強いられる上司たち

法廷での証人尋問は、双方が真剣勝負で渡り合い、裁判官の心証を形成する場として重要な意味を持つ。労働事件で何度もこうした場面を目にしてきたが、ロックアウト解雇裁判において会社側証人として立った、社員の姿には複雑な思いを禁じ得なかった。自身の部下だった者が解雇される窮状を、「わが社のために仕方がない」と疑念も抱かない上級管理職は別にして、喜ぶ者はいないだろう。しかし、裁判長から偽証罪に問われることもあると告げられながら、社命で虚偽の証言を強いられる上司らに重ねて、筆者は「社畜」という言葉を思い浮かべていた。揶揄《やゆ》の響きが感じられるこの表現を、好ましいとは思っていない。だが、個人の意思とは別に、法廷まで引きずられてきた人たちの姿は、哀しく目に映ったのだ。

「成績不良で無能な人」という心証を裁判官に与えるには、同じ仕事をしてきたメンバーに喋《しゃべ》らせるのが最も効果的だろう。証言席に立つよう指示されて断るには勇気がいる。企業に長年身を置いてきた者として、拒否は不可能に近いこともよく分かる。ましてや受け容れなければ、明日はロックアウト解雇の対象になりかねない会社なのだ。社員をそうした場に引き立てる、二重、三重の人権侵害に相当する企業の行為の罪深さを思わされたのである。

小説書きの本能と言おうか、証言席の会社証人に対して、つい表情の奥や裏にあるものを読み取ろうとしてしまう。そうした目で見つめた印象は様々であった。俯《うつむ》き加減でぼそぼそと話す人がいた。そして妙に威勢よく声を発し、原告側弁護士に対しても自信満々を装って向かう部長クラスの女性には、ああやはりこういう人がＩＢＭではエラくなっていくのだなどと、考えさせられもした。一次・二次訴訟で解雇無効の判決が出されたいま、「業務」として証言席に立ち、「良心に従って真実を述べ、何事も隠さず、偽りを述べないことを誓います」と宣誓した上司たちは、どのような思いでいるのだろうか。

勝訴の強制執行の日の、社前行動で、

「裁判で、専門職の元上司らを法廷に立たせて証言を強いるのは、健全な企業のすることではありません。このようなことは、もうやめようではありませんか。いまこそ争議の全面解決を英断し、従業員が働きやすい職場を目指そうではないですか」

と労組支部の大岡義久委員長が呼びかけた言葉の意味は重い。

余談だが、裁判の日には必ず法廷で見かける管理職らしきＩＢＭ社員（?）の女性がいた。茶色い髪に最先端のファッションで颯爽《さつそう》と現れるのだから目立つ。そして、傍聴席の最前列の中央に構え、いつも鬼気迫る表情で法廷のやりとりを注視しているのである。聞くところによるとこの人は、日本の法律事務所に在籍し、米国ニューヨーク州に弁護士登録もしているそうだ。「担当弁護士がきちんとやっているかを監視し、米本国との折衝など、裁判全体を統括しているのでは」との噂だったが、真偽のほどは分からない。知りえたのは、このような人物も配して、ＩＢＭが解雇の自由を手中にするため、いかに全力を投入しているかということであった。

■なぜ、ＩＢＭがここまでやれるのか

本題に入る前にまず、２章において紹介した元社長、大歳卓麻氏の「毒味役」発言を思い起こしていただきたい〔2章・三〇ページ〕。ＩＢＭが、日本の労働法理・法制の打ち壊しを一貫して目指していることは先に述べてきた。世間の批判を物ともせず、職場の荒廃にも動ずることなく、相当の弁護料を支払い、多大のカネと労力を費やし、なぜここまでやれるのか。強力なバックボーンの存在抜きに、それは理解できない。ＩＢＭを支える大きな柱のひとつとしては、日本国内で活動する米国企業の窓口として政財界に幅広い影響力を持つ、在日米国商工会議所（ＡＣＣＪ）の実態を見るのが早いだろう。

ＡＣＣＪのホームページによると、

〝今日では日本で最も影響力のある外国経済団体の一つとなっています。〟

とあり、更に、

〝対日直接投資の拡大や外国企業の市場アクセスの改善、日本経済の強化と効率化のための政策の推進、そして日米間の経済活動の発展のために、継続的に日米両国政府や国内外の経済団体

関係者と協議しています。〟

と続けている。何のことはない、この記載は、日本の政治・経済にも介入する「アメリカ企業のための圧力団体」であることを披歴しているに等しい。「他人の家の慣わし」にまで口を挟み、日本政府に迫る張本人が、他ならぬＡＣＣＪなのである。

このＡＣＣＪが二〇一七年三月まで有効として公開している、「労働契約法の柔軟化による社会的格差の解消と経済成長の実現へ」と題した「意見書」を見てみたい。この冒頭の「提言」という項には、

〝在日米国商工会議所（ＡＣＣＪ）は、アベノミクス『第3の矢』の政策の一つとして雇用市場の流動性の強化を目指すことを掲げる日本政府の姿勢を高く評価する。《中略》こうした施策が、刻々と変化するグローバル市場への日本企業の対応、日本における投資と成長の促進、日本国民のための公正な雇用環境の再構築に有効なことである。〟

と、どこかで聞いたような文言が並んでいる。そして彼らが本意見書において、〝『正規雇用』としての新たな契約形態の創出〟、という項目で提起している内容がまた露骨である。

一つは、雇用に際して、会社と労働者が予め《あらかじ》「解雇補償金」の金額を契約で結ぶことを提案し、二つ目に、これに基づく解雇においては、労働契約法の判断から除外すると明記しているのだ。つまり日本の労働契約法第一六条が定めている、「解雇は、客観的に合理的な理由を欠き、社会通念上相当であると認められない場合は、その権利を濫用したものとして、無効とする」を

空文化し、金銭さえ支払えば合法となるよう迫っているのである。おまけに、本意見書で計算式まで添えている解雇補償金の額は、たとえば勤続年数が一〇年で月給三〇万円の労働者の場合は、たったの一五〇万円で許されることになっているのだから驚く。

安倍政権が目論《もくろ》む解雇の自由化、正社員雇用の流動化などの規制改革は、ほぼこの筋書きに沿って行動する学者や経団連をバックに推進されていると言ってよいだろう。

日米の経営首脳が経済問題について協議をおこない、主に日本政府にそれらの要求の実行を迫る機関と言われる、「日米財界人会議」も似たようなものだ。ここが過去に出した声明では、「日本経済がよりグローバル化するにつれ、時代のニーズに合わない労働法制のままでは、日本企業の競争力を損なうだけではなく、グローバル企業の投資対象国としての日本の魅力にも影響を及ぼす」（二〇〇七年共同声明）とし、労働法制を変えることが、投資する多国籍企業の利益にもなるとまで公言している。そしていま、厚生労働省が、「解雇の金銭解決」制度についての検討会を設置し、具体的な議論が始まっているのだ。こうした米国の大方針と解雇自由社会を主導する日本政府や財界の動向も見すえて、労働法制の切り崩しの「先兵」となるとの自覚のもとにＩＢＭが挑んでいるとすれば、「鉄面皮」の理由もよく理解できるだろう。

■グローバル化と「株主がすべて」の漂流

在日米国商工会議所、そして日米財界人会議が決まり文句で雇用改革の理由としてあげる〝日本経済のグローバル化〟とは何を意味するのか。

ここで話は少し前後するが、支部委員長の大岡義久さんが取材時に、

「日本ＩＢＭが尋常でない解雇に執着する大根《おおね》には、ＥＰＳ（Earnings Per Share）つまり、企業が手にする一株当たりの利益を上げるということがあるんです」

と語ってくれたことが思い出される。当期利益を期末の発行済み株式数で割って算出されるのがＥＰＳだが、大雑把にいえば、この数値から株主への配当が決められると考えてよいだろう。

ＩＢＭには前ＣＥＯ時代から掲げてきた経営目標として、二〇一〇年に一一ドル余だった一株利益を、二〇一五年には二〇ドル以上に引き上げる方針が据えられていた。二〇一二年にＣＥＯを引き継いだロメッティ氏もこれを踏襲する。しかし結局株価は低迷し、二〇一四年一〇月にはその方針を撤回するという経緯をたどった。大岡さんはこうした経営戦略が異様な人員削減の柱になっていたというのだ。

「投資家との約束は絶対ですので、この目標達成のために、大リストラが実施される危険性を組合は早くから察知していました。日本のＩＴ市場は高い成長が望めない『成熟マーケット』ですから、売上高が目標に達しない場合には、名目の利益（税引き前利益）を捻出するために、人件費のコストを減らす以外に方法はありません」

なるほど見かけの利益を増すには、売上原価にふくまれる人件費を少なくするのが手っ取り早い。売上高が未達ならば社員を削減してコストカットし、残った者に今まで以上に働かせれば利

益は上げられるという理屈なのか。大岡さんは、

「だから会社は、あらゆる手段を用いて従業員を減らすことに躍起となります。二〇一五年EPSロードマップがロックアウト解雇につながる最大要因だったのです」

と、株主のために社員の首を切り帳尻を合わせるのが、日本IBMの経営の常套《じょうとう》だと説明してくれたのだ。

日本の大企業も、この株主を第一とする「グローバル化」を合言葉に突っ走ってきた。一九九五年に日経連（現・日本経団連）は、「企業は株主にどれだけ報いるかだ」とする、「新時代の『日本的経営』」を発表し、グローバル化を生き抜くためには、徹底した労働力流動化、総人件費抑制、低コスト化が必要だとの方針を打ち出す。これが数次の労働者派遣法「改正」へと続き、今日の雇用崩壊による格差と貧困の社会を現出させたことは言うまでもない。故・品川正治《まさじ》氏（元・日本火災海上保険会長）は、こうしたグローバル化の標榜《ひょうぼう》による株主絶対化への転換が、結局、「企業も国も漂流を始めた起点ということになった」と語っている。

大企業が膨大な内部留保を抱え込み、「富める者が富めば、貧しい者にも自然に富が滴《したた》り落ちる」とした「トリクルダウン理論」が目に見える形で破綻し、格差と貧困化が極度に進む今日の日本社会を見たとき、IBMが率先して進めてきた「株主がすべて」の経営のゆがみは、安倍政権が執心する「解雇の自由化」の本質を心憎いほどに示している。

それでは、株主と言うけれど実態はどうだろう。いま、この国の株をもっとも動かしているの

は、日本人ではない。日々の売買では欧米など外国人投資家の比率が六〇％を超え、彼らの日本株式の保有比率は三〇％以上に達するのだそうだ。

二〇一四年度を見てみると、大企業は過去最高の利益をあげ、内部留保や株主への配当を増やしている。そのうち外国人株主への配当は、国内投資家をはるかに上回り、この二年間で一・七倍というから半端ではない。アベノミクスが最も儲《もう》けさせたのが、マネーゲームに狂奔する海外投機筋だったことが如実に示されているのである。

ＩＢＭが、日本社会を変えるという米日財界の熱い視線のもとに、「ブラック企業」と世間の批判を浴び、学生に入社を敬遠されるという状況もいとわず抗するのは、ここに述べてきたような理由がある。先の品川氏の言葉を借りれば、国民はいま、「漂流する泥船に乗せられ沈没する」危機に立たされていると言えるのかもしれない。同社の歩んできた過去と現在を直視し、日本国民は最大多数の幸福を得る賢明な選択をするしかないのである。日本ＩＢＭとのたたかいには、この国を沈没から守るという国民的大義があることを、筆者は深く考えさせられたのだった。

さて紙幅も残り少なくなったので、最後に、何としても触れておきたかったことの報告に移りたい。

原告らの殆《ほとん》どは、ＩＢＭが就職人気企業ランキングで上位にあった頃に入社し、二〇年以上も働き相応の貢献をしてきた。それが、事業再編、そして過重な働きやパワハラでメンタルヘルス疾患を余儀なくされるなどの要因により、成果主義の低位評価で意図的に「放出対象」とされた。

この人たちが、個々の生活と自らの尊厳を守るために立ち上がったのは必然であった。だが、一家の暮らしや技術者としてのスキルの保持等を考えたとき、長い時間をかけて裁判に勝利し職場復帰を実現させるという選択の決断は、容易でなかったとも思える。けれども彼らには、なぜそれができたのだろうか。

■たたかう労組があり、仲間がいたから

日本IBMにおけるロックアウト解雇の本格的取材を筆者が始めたのは、二〇一五年の一月からであった。最初はよく分からないままに裁判傍聴に通い、組合の人たちの話を聞くという日々だった。そうこうするうちに、交流が深まり顔も見えるようになってから、裁判の推移とともに筆者は、なぜこの人たちはたたかえるのかということに関心を抱くようになっていた。人は、矜持《きょうじ》や意識・意欲のみでたたかえるものではない。生存の権利を奪われ「兵糧《ひょうろう》攻め」に遭う状況下ではなおさらのことだろう。が、そのことへの答えは取材を進めるにつれて、何となく、こういうことなのかとおぼろげながら見えてくる気がしてきたのだ。

そのヒントは、一九五九年に結成されて以来、運動の蓄積により培われてきた、労働組合の存在から得られた。裁判そして、労働委員会の審問の場に足を運ぶと、そこには組合のOBたちの姿が必ずあった。それぞれ第二の人生を歩んでいる人々にとって、後輩らのたたかいの支援には

かなりのエネルギーが求められるだろう。でもここでは、現役・ＯＢが一体となり力を合わせて職場を守ろうとする姿勢が見て取れたし、長い運動の過程で自然に定着してきた伝統というものを、強く感じさせられたのだった。

こうした日本ＩＢＭ支部としての独特のあゆみについて、かつて中央執行委員長を務めた比嘉恒雄さん（67歳）が、詳しく語ってくれた。

「これが、ＩＢＭのこれまでのリストラと、争議の歴史を弁護士さんたちにお話しした時の資料なんです」

と言って比嘉さんが見せてくれた文書の類には、過去に強行された会社諸施策に労組支部が向き合ってきた、たたかいの全容が一目して分かるように整理されていた。データを重視してシステム構築に取り組む、ＩＴ技術者らしいまとめ方に感心したのだが、それらを見ると、どんな労働組合であったかが手に取るように理解できたのだった。

組合への加入を妨害し、組合員であることを理由にした賃金・昇進差別撤回のたたかいでは、全国の地労委に救済を申し立てて勝利し、最終的には中労委に一本化して、一九八二年に勝利和解した。実に一三年におよぶ地道なたたかいには驚嘆を覚える。これを見て筆者は、二〇〇八年に組合に加入したという支部書記長の杉野憲作さんが、

「ぼくらの少し上の年代の人たちはすんなりと組合に入っていたんです。いつか入る気ではいたんですが、もっと早く入っていればよかったと思いますよ。差別是正でたたかってきています

ので、入社時から組合に入っていたOBの生涯賃金と比べれば、ぼくたちはかなり差があるんですよ」

と話してくれたのを思い出していた。なるほど、そうした諸先輩の「たたかって良くするんだ」という精神は、賃金減額裁判に挑む人たちにも見事に受け継がれているのだろう。

一九六四年には一、三〇〇人を超えていた組合員数が、会社の総力をあげた切り崩し攻撃で激減を余儀なくされ、いまは少数の組合ではある。しかし、結成時より一貫して発行してきた機関紙『かいな』は二〇一六年六月六日付で二二八六号を迎えているが、管理職らもそっと差し出す職場の年間カンパの合計が一九七七年には七〇〇万円を超えたというから驚く。一九七〇年代から二〇〇五年頃までそれが数百万円台を維持して続き、今日もかなりの額に達するというのは、会社の徹底した敵視攻撃のもとで、多くの労働者の信頼を得ていることを裏付ける証拠でもあろう。

「人としての尊厳」を守るために「巨象」IBMに挑んだ原告らには、何より、喜びも悲しみも共にできる仲間がいた。なぜたたかえるかの鍵は、労働組合の存在そのものにあったのである。JMITUの生態茂実委員長は、『かいな』と支部のホームページで、

「労働組合は会社の病気を治す医者です。労働組合を強く大きくすることが、みんなが安心して元気に働ける職場にすることです」

と、組合への加入を呼びかけている。

〈手記〉

「何がなんでも勝たねばならぬ」を胸に

JMITU　日本アイビーエム支部　中央執行委員長　大岡　義久

私は、JMITU日本アイビーエム支部で中央執行委員長の役職を務めています。日本アイ・ビー・エムで、二〇一二年七月から開始され現在も継続中の解雇のやり方を私たちは「ロックアウト解雇」と呼んでいます。あえて言うなら理由なき解雇、事由創作解雇にあたります。

私は、二〇一〇年に中央執行委員長の役職に就きましたが、その頃、考え方を一変する出来事を経験します。それは二人の社員の死です。私が勤務していた事業所で自殺がありました。四五歳の男性の方でした。親族に不幸があった場合、会社は訃報ニュースで社員にその旨を公表していますが、そこにも掲載されず、お亡くなりになられた方の名前すら把握できないという異常な状態でした。会社は彼の社員としての存在を消し去ったのです。そんな状況下で、私は一本の匿名の電話で経緯を知ることになりました。まったく知らない人から電話がかかってくるとは、まるでテレビドラマのようでした。私は遺族の方と一緒に同席して、会社からの説明を聞きましたが、会社は「退職強要はおこなっておりません。自殺の理由はまったくわかりません」と繰り返すだけでした。そして「パソコンのデータはすべて消去しました」と説明を続けました。明らかに不自然な対応でした。この社員が事業所内の一室でノートパソコン盗難防止用のワイヤーを使い自殺に追い込まれた理由はわかりませんが、息子さん宛の遺書が一通、上着の内ポケットに入っていました。そこには「大好きだよ、ごめんなさい」と書かれていたそうです。息子さんは「悔しい」と一言発し、涙を流されていました。

立て続けに事件がおこります。出張先のビジネスホテルの一室で組合員が突然亡くなりました。数年にわたり出張が続いていたため、組合員自身が「体調に気をつけなければならない」と話していた矢先のことでした。ここでも親族の方が「悔しい」と一言、目からは大粒の涙が止まりませんでした。

労働組合は労働条件の改善を目指すことは当然ですが、もっと大切なことがあります。それは労働者の命を守らなくてはならないことです。これら二つの事件は、労働組合がその最前線に立っていることに気づかされた事件でした。今でも二人の労働者の死の衝撃を忘れることができません。どうして防げなかったのか、この思いがいつも私の労働運動の根底に存在しています。

このような中で、二〇一二年からロックアウト解雇が始まりました。最初のロックアウト解雇者が出た時、団体交渉の席で、会社から「(このような解雇は)極めて例外的なことである」と説明を受けていました。しかし、その後、立て続けに出された解雇予告通知に対し、私は会社の団体交渉での発言に不信感を増大させると同時に、会社に対し恐怖さえ抱きました。あの時を振り返ると、このままでは組合員全員が解雇され、労働組合そのものが潰《つぶ》されてしまうと感じていました。今後もロックアウト解雇が継続的に実施されることを思うと、私自身、いつ実施されるかわからない解雇への恐怖と、それを止められない重圧で押しつぶされそうになりました。組合員の動揺も見て取れました。

まさにこの時から労使はまっとうな関係ではなくなり別次元の関係に突入したのです。

会社の組合敵視の姿勢はあからさまでした。のちに東京都労働委員会と中央労働委員会から不当労働行為の救済命令が出されますが、労働者にとって一番大切な雇用問題ですら団体交渉の議題に入れることを拒否していたことが如実に物語っています。ここに、会社の本質があると私は思わざるを得ません。

そんな状況下で、まずはやるべきことをしっかりやろうと決めました。解雇予告通知を受けた労働者を家族のもとへ無事に帰宅させることです。これが一番大切なことです。そのためには、解雇予告通知が出たと知らせを受けた時、すぐにその労働者のもとへ駆けつけることです。会社が解雇通知書を読み上げた段階で「首切り」という表現に変わります。労働者としての尊厳をずたずたにされてしまいます。このダメージを最小限にするためには苦しみを分かち合い親身になって近くにいることが非常に大きな心の支えとなります。

そこには何をしたらいいのかわからず呆然としている労働者と、それを眺めている上司と人事担当者がいます。そしてそこは時間だけがゆっくり過ぎさる異空間です。彼らは、そのことを夢の中や雲の上にいるようだと表現しています。そして人事監視の下、用意されたダンボール箱に私物を黙々と詰め、社員証を取り上げられ会社から追い出され帰宅していきます。これはまるで犯罪者扱いではないでしょうか。同僚に挨拶もできない屈辱的な解雇、何故こんなことをされなければならないのか理解しがたいものでした。

成果主義のもとでおこなわれたロックアウト解雇とは、いったい何だったのでしょうか。はっきり言えることは、能力不足による解雇ではないということです。利益目標達成のために労働力を結集して売り上げを伸ばす施策ではなく経費削減、つまり簡単に言うと固定費である人件費の削減で目的を達成しようとした解雇優先の施策を選択しました。日本アイ・ビー・エムでは整理解雇四要件には到底当てはまりません。まさに理由なき解雇、事由創作解雇といえます。目標達成を労働者の責任に押し付け首を切ることは到底許しがたいことです。都合よく解雇を進めるために、会社は手始めにその阻害要因とみなした労働組合の崩壊を狙ってきたのです。その結果、多数の組合員がロックアウト解雇の対象者となりました。しかし、このような組合員を狙ったやり方を食い止めておかないと、最終的には従業員全体に大きな影響を与えかねません。

裁判で明らかになってきたことは、日常業務で普通に起こるような小さなミスやお客様や同僚からの苦情を積み上げることで、あたかもその社員が能力不足であるように見せかけることです。さらにロックアウト解雇という手法は、労働者を社外に追い出すことで労働者に有利な証拠を奪い取ろうとします。そして労働者に考える時間を与えず孤立させるのです。

解雇を受けた人はみんな「犯罪者のように扱われた」と口をそろえて言います。屈辱を味わうのです。労働者にとってこのまま退職すれば、能力不足を認めることになりかねません。そのようなことは絶対受け入れられない。労働者としての尊厳をかけて裁判に立ち上がりました。解雇理由を偽装され悔しくて涙を流した人もいます。労働者や家族、そしてそれにかかわるすべての人を一瞬にして不幸に陥れるロックアウト解雇は認めることはできません。また労働条件や雇用を守るための「最後の砦《とりで》」としてきた労働組合への弾圧は、絶対に許してはいけないのです。労働組合がない職場や労働組合が存在しているが会社に物を言えない職場では、経営者の横暴に歯止めがきかなくなってしまうからです。いま、この会社に労働組合があることは、本当に重要なことです。

ロックアウト解雇によって、会社は労働組合をつぶしてしまえ、機能しないところまで弱体化してしまえという意図があったのだと思います。しかし、その結果何がもたらされたでしょうか。モチベーションの高い職場でしょうか。いいえ違います。職場に過度な競争原理が持ち込まれました。信頼する仲間はライバルへと変身し、チームワークとは程遠い個人主義と自己責任が闊歩《かっぽ》する職場と作りかえられました。このような職場の雰囲気に若い社員も気づき始め、「職場のゆがみ」という言葉でアンケートに答えていました。

いま社内では、職場での矛盾がもぐらたたきのように出てきています。たたいてもたたいても次から次へと出てきます。この解雇施策によって、長年築き上げてきた会社と労働者、上司と部下の信頼関係が一気に崩れ始めたということです。この職場状況は、新卒の学生の就職ランキングにも影響が広がっているのではないでしょうか。

私たち労働組合は、会社の労働環境をより良くするため、これまで一貫して凜々《りり》しい態度で会社の姿勢を正そうとしてきました。そしてこれからも続けようとしています。そのためには、会社に打ち勝つための団結力と筋肉が必要です。労働組合は一致団結し強力な筋肉を作り上げなければなりません。困難な問題を乗り越えたときに、筋肉はさらに増強されていくことは言うまでもありません。

機関紙『かいな』を一万部、月二回机上配布をしています。職場をまわりカンパ活動もしています。社前行動も駅前宣伝行動もしています。そしてこれらの活動は大勢の支援者や優秀な弁護団に支えられているので、絶対に争議で負けることはないのです。今までの争議の中で、第三者機関は会社の主張を認めない命令や判決を出し続けてきました。ロックアウト解雇のような横暴な人事施策は、会社のためにも従業員のためにも、さらには株主のためにもならないことは明らかで疑う余地のないところです。

最後になりますが、私たちの思いは、昨年（二〇一五年）亡くなられた弁護団の一人である鍛《か》冶《じ》利《とし》秀《ひで》先生が最後に残された次の言葉に集約されています。

「何がなんでも勝たねばならぬ」

長年ＩＢＭ裁判の弁護士として支援いただいた鍛冶弁護士の言葉を胸に刻み、勝利するまで、今まで以上に団結を強化し組織拡大を進めてまいります。

この本が出版されるころには、たたかいが大きく前進していることでしょう。

〈解説〉

日本ＩＢＭ「ロックアウト解雇」の本質は何か――たたかいの重大な意義

ＪＭＩＴＵ中央執行委員長　生熊茂実

日本ＩＢＭにおける「ロックアウト解雇」、「賃金減額」などの無法行為について、田島一さんのルポルタージュで、その実態が告発されました。ここでは、この事件の本質は何なのか、そしてこのたたかいに勝利することに、どんな重大な意義があるのかについて整理し、読者がより理解を深めることに役立てたいと思います。

1　「解雇自由」を許さないたたかい――どこの職場でも解雇される危険を食い止める

二〇一二年七月から始まった日本ＩＢＭにおける「ロックアウト解雇」を許さないたたかいには、いくつかの重要な意義があります。その最大の意義は、経営者側の自由勝手な評価による「業績不良」、「能力不足」という口実によって労働者を自由に解雇する暴挙を許さないことです。

二〇一六年三月二八日東京地方裁判所は、日本ＩＢＭの「ロックアウト解雇」の第一次、第二次訴訟に対して、この「ロックアウト解雇」は「（業績不良は）業務を担当させられないほどのものとは認められず、相対評価による低評価が続いたからといって解雇すべきほどのものとも認められないこと、原告らは被告に入社後配置転換もされてきたこと、原告らに職種や勤務地の限定があったとは認められないことなどの事情もある」として解雇無効の判決を下しました。この判決をもってしても「ロックアウト解雇」の違法性・不当性は明らかです。

なぜ日本IBMで、こんな乱暴な解雇がおこなわれたのでしょうか。そこには、アメリカ流の解雇自由を日本でもできるようにしたい、というアメリカ大資本の要求があるからです。これは日本でも安倍政権と財界の強い要求となっています。現在強力に推進されている「アベノミクス」の第三の柱「成長戦略」では、「雇用改革」こそが「成長戦略」の中心に位置づけられています。それは「産業の新陳代謝」をすすめるには「労働力の大幅な移動」が必要だとして、「雇用の流動化」、「多様な働き方」をすすめようとしています。そのなかで「有期雇用・派遣労働等の活用とともに、「解雇の金銭解決制度の創設」＝「解雇の自由化」の法制化の準備がされているのです。「解雇自由化」の流れに歯止めをかけたのが、今回の判決と言えます。

この「ロックアウト解雇」が引き起こされる少し前の二〇一二年五月に、日本IBMでは五六年ぶりにアメリカ本社から外国人社長が送り込まれました。マーティン・イェッターというドイツ人でした。マスコミの取材で、日本IBMにおける退職強要や解雇について問われたイェッターは「我々に必要なことは顧客企業の要望に十分対応できる資質を持った人材の確保だ。今、起きていることは新陳代謝であり、人の入れ替わりはどこの会社でもある。当社は中途人材の採用も進めている。……これはリストラではない」と開き直りました。ここに、そのねらいが明らかに示されています。それは経営者が、利益極大化追求や労働者支配のために、労働者を自由に入れ替えることができるようにする、つまり解雇を自由におこなえるようにしようということです。これが「ロックアウト解雇」の第一の本質です。

こんなことが認められれば、企業の経営者は、「労働者を勝手に解雇できる」ことになってしまいます。それは経営者が勝手に「不要」ないしは「物足りない」と決めつけた労働者を解雇して企業の外へ追い出し、その一方で「必要」とする労働者を採用することです。他方では、経営者が「雇用責任」を果たさずに、労働者に対する育成、訓練なども十分おこなわずに切り捨てることになりますから、企業に必要なノウハウや技術・技能が弱体化する危険が生まれます。

日本ＩＢＭの「ロックアウト解雇」に勝利することは、日本の労働者全体への勝手な解雇を許さないことに直結すると言って過言ではありません。同時にそれは、企業におけるノウハウや技術の蓄積にも役立つことになります。

日本ＩＢＭでの乱暴な解雇と同様に、いま雇用をめぐる争いのなかで、経営者が解雇に踏み切る事例が目立っています。例えば、まだ経営を続行する力があるのに廃業してしまうリストラをめぐる争いでも、経営者は団体交渉での合意を追求することなく解雇してしまいました。経営者側は「団体交渉など面倒なことを続けているよりも、解雇してしまった方が結論は早い」、「解雇してしまえば、どうせ金銭で『解決』できるのだから」という考え方に傾いているように見えます。経営者側が解雇に踏み切るハードルが下がっていると思えます。この意味では、すでに「解雇自由化」は始まっているといっていいように思います。だからこそ、日本ＩＢＭの「ロックアウト解雇」を撤回させ、職場復帰をかちとることが、いっそう重要になっているのです。

■「成果主義」による労働者の使い捨てと「業績不良」評価

日本ＩＢＭでは「高いパフォーマンス」を求めるとして、きわめてきびしい「成果主義賃金」制度がおこなわれています。日本ＩＢＭに転職してきた労働者は、「日本ＩＢＭでは、なぜこんなにうつ病が多いのか」と驚いています。「成果主義賃金」で働く労働者は、「成果」を出すために果てしない長時間過密労働に追い込まれます。在社している労働時間だけでなく、自宅で深夜までパソコンの前に向かって仕事に追われています。これではうつ病が多発するのは当然です。

「能力がないとみなせば退職強要」という状況があり、上司も「成果主義」で評価されますから、部下にきびしい仕事を押しつけ「成果」を求めます。ある労働者が「業績不良」とされ「ＰＩＰ＝業績改善プログラム」をおこなわされたとき、「何を改善するのか抽象的でよくわからない」と意見を言ったところ、上司は「俺が達成したと思ったら達成だ」といううきわめて主観的な評価基準を公言しました。このように上司のメガネですべてが決まるという状況ですから、「評価」を背景にしたパワハラが続発するのです。

ですから、「ロックアウト解雇」された労働者には「メンタル不全」や「うつ病」患者が多いという特徴があります。解雇の第一次訴訟、第二次訴訟合わせて五人の原告のうち、三人が「うつ病」です。それは日本ＩＢＭ入社時から、ストレスの強い長時間労働を続けて、その結果「メンタル不全」になったのです。そして「成果主義」をモットーとする日本ＩＢＭで働き続けるには、「メンタル不全」を上司に告げれば評価を下げられ退職強要されるという恐れがあり、医者への通院も隠し、がまんしてがんばるしかないと自らを追い詰める労働者が少なくありません。睡眠も満足にとれずに遅刻が多いなどの事態も起こりますが、上司は労働者の体調を心配するどころか、仕事の成果だけを求めます。ＩＴ業界には「メンタル不全」の労働者が多いことは、社会的にも広く知られています。にもかかわらず、日本ＩＢＭでは裁判における上司の証言でも明らかになったように、遅刻が多ければ「メンタル不全」の心配をすることが当然にもかかわらず、「わかりませんでした」を連発し、労働者の健康や安全に対する「安全配慮義務」を果たす姿勢が全くありません。

さらには上司が「使いにくい労働者」と感じることまで「解雇理由」にされます。パワハラを伴って上司には絶対服従を求め、それに従う労働者のグループをつくり同僚を監視させ、喫煙の離席時間が長いとか、ちょっと居眠りしたとか、少しの服装の乱れまで解雇理由にしました。

このように些細な口実をつけて「業績不良」「能力不足」と烙印《らくいん》を押し、退職強要をおこない、退職強要に応じない労働者を「ロックアウト解雇」します。つまり労働者を使えるだけ使って、経営者が思いどおりに使えないと思ったら職場から追い出すという「労働者の使い捨て」が日本

ＩＢＭでは常態化しているのです。それを「解雇」という手段にまでエスカレートさせたのが「ロックアウト解雇」です。「ロックアウト解雇」は、労働者の「使い捨て」の究極の形と言えるのではないでしょうか。

■「解雇」や「賃金減額」という「ムチの労務政策」による「恐怖支配」

日本ＩＢＭでは、「解雇」や「賃金減額」という「ムチの労務政策」で、労働者支配と労働強化を強めています。「恐怖支配」と言っても言い過ぎではないと思います。

日本ＩＢＭの「賃金減額」は、ＰＢＣ評価という完全相対評価によって5段階のうち下位一五％にあたる「3、4」にランクされた労働者に対して、年収の一〇％～一五％にもおよぶ賃金の大幅減額を一方的におこなっていました。これは「あなたは日本ＩＢＭには不要だ。やめろ」という宣告に等しいのです。この「賃金減額」は一回にとどまりません。二年三年と連続して「賃金減額」がおこなわれ、新入社員並みの年収に落とされたという労働者まで生まれています。私たちは、この「賃金減額」は「ロックアウト解雇」への「一里塚」と位置づけていますが、「賃金減額」訴訟原告九名のうち五名が「ロックアウト解雇」されたという事実をみても、それは明らかです。

この「賃金減額」訴訟のなかで明らかになりましたが、大幅な「賃金減額」の一方で、減額した原資を成績の良い労働者の賃金増額に充てるという仕組みはありません。言葉は悪いですが

「やらず、ぶったくり」です。この「賃金減額」と「ロックアウト解雇」という「ムチの労務政策」で、職場は恐怖支配の雰囲気が漂い、昼休みでも笑い声が聞こえないという暗い職場になっていると言われています。こういう状況のなかで、上司によるパワハラ、また仲間はずれなどのいじめも職場で続発していますが、あまり表沙汰にはなっていませんが、職場における自殺など過労自死も起こっているのが、日本ＩＢＭの職場です。

しかしながら日本ＩＢＭは、このような恐怖支配をやめようとはしません。日本ＩＢＭの企業方針は日本の法律より上位にあるというような傲慢《ごうまん》な姿勢を続けています。すでに述べた「賃金減額訴訟」は日本ＩＢＭが「請求認諾」という形で、二〇一五年一一月に終結しました。裁判上の「請求認諾」というのは、労働組合側の訴えの請求をすべて認めるということですから、日本ＩＢＭは「賃金減額制度」の違法性を自認したことに他なりません。

ところが日本ＩＢＭは、訴えられた年度の減額措置だけは撤回しましたが、次年度の「賃金減額」は撤回しないという驚くべき対応に出たのです。そのため、やむを得ず「賃金減額」の第二次訴訟をおこないました。新たに加入した組合員もふくめ原告も増やして裁判を続けています。「賃金減額」第二次訴訟でも、日本ＩＢＭ側の新たな主張はほとんどなく、自ら「請求認諾」した事件と全く同じ性格の事件を争い続けるなど異常な対応と言わざるを得ません。

さらに二〇一六年九月には、新たな「賃金減額」措置を強行しました。それによると、減額は年収の七％に若干縮小したものの、減額の基準は「期待値に届かなかったもの」という、およそ客観的な基準がまったく見えないひどいものです。「期待値」とは何かという質問にも、「総合的なものだ」としか答えていません。上司の恣意的な評価で年収の七%、約五〇万円も永久に賃金を下げられては、生活の見通しも立たなくなります。この新たな「賃金減額」制度や「追い出し部屋」設置に抵抗して、JMITU日本IBM支部に加入する労働者が相次ぎ、新たな「賃金減額」についても提訴して争うことになりました。

このような労務政策のなかで日本IBMの新入社員採用では、「一流大学」からの内定者の入社辞退が相次いでいると言われています。これでは日本IBM自身の将来に陰を落とすものになることは明らかです。

2　雇用をまもる日本IBM支部の弱体化をはかる労働組合つぶしを許さない

日本IBMでは、ここ一〇年以上にわたって、会社の退職強要などの激しいリストラとのたたかいがありました。ほとんど毎年のように、IBMは世界中の事業所で四半期、半期などの期末に人減らし予算を組み、その予算(財源)に合わせて退職強要を繰り返してきました。そのために「業績不良」と決めつけた労働者には「PIP=業績改善プログラム」をおこなうとして、達成が困難、あるいは達成基準が不明確な目標などを押しつけ、自ら退職するように追い込んできました。また「追い出し部屋」をつくって「転職準備」を仕事とさせることまでおこなってきました。これらの乱暴な退職強要に対して、二〇一二年の「ロックアウト解雇」が発生するまでは、退職強要を拒否した労働者がJMITU日本IBM支部に加入し、労働組合が会社に退職強要に対して強く抗議をすれば、退職強要はストップしていました。

今回の「ロックアウト解雇」は、このような労働組合との関係を変えることにねらいのひとつがありました。つまり、「労働組合に加入しても無力だ」、「組合員であっても解雇される」と労働者に思い込ませる「労働組合つぶし」、「労働組合弱体化」をねらった攻撃というのが、「ロックアウト解雇」の第二の本質です。

「ロックアウト解雇」が始まって間もなく、日本IBM支部にメールが届きました。それには「マーティン・イェッター社長は労働組合が嫌いです。組合員のうち成績が悪い人を解雇して、（非組合員が）労働組合に近づかないようにすると聞きました」とありました。まさにこれが、会社のねらいの本質です。組合員のうち「成績の悪い人」を解雇するという、労働組合法で「不当労働行為」として禁止されている「組合加入による不利益扱い」による違法解雇であり、労働組合を弱体化させる「支配介入」をねらった違法解雇です。

たしかに、この「ロックアウト解雇」が発生してから、労働者の日本IBM支部への加入がほとんどなくなり、また解雇を恐れて組合を脱退する組合員もいました。さらに、目立たないように組合活動に参加しない組合員も生まれました。それほど「解雇」による恐怖支配は強力でした。最初の局面では、経営側の攻撃は成功したとも言えます。

しかし、全面的で強力な反撃が始まりました。ＪＡＬ不当解雇争議、社会保険庁解雇争議などと連携を深めていたＪＭＩＴＵと日本ＩＢＭ支部は大きな抗議行動を繰り返しおこない、さらに全労連を先頭とする「日本ＩＢＭ解雇撤回闘争支援全国連絡会」を結成して、大集会を開催するなど全国にたたかいを発信しました。また記者会見もふくむ世論への訴えなどにより、新聞・テレビ、週刊誌等による報道も相次ぎました。

そして「賃金減額請求認諾」による勝利、解雇第一次・第二次訴訟での全員解雇無効の地裁勝利判決、日本ＩＢＭが団交拒否の中労委組合側勝利命令を受諾するなど、法的な争いの場でも勝利が続くなかで、再び組合加入者が連続するようになり、組合員の活動参加も活発に変化してきています。すでに述べたように、新たな「賃金減額」や「追い出し部屋」などの攻撃に怒った労働者が、裁判でもたたかうという決意を込めて次々に加入するという状況が生まれています。

今後、裁判における勝利をかちとることと同時に、いっそうＪＭＩＴＵ日本ＩＢＭ支部の組織の拡大強化に力を注ぎ、日本ＩＢＭのねらった「労働組合弱体化」をはねかえすために、全力をあげる必要があります。

3　最大限利益追求の国際的リストラ

ＩＢＭではアメリカ本社の国際的戦略、最適地戦略によって、世界のどこでどんな仕事をするかが決められています。「世界でシェアが三番目以下の仕事は捨てる」という方針で、ある国でおこなわれている仕事を別の国に移動させる、ある部門は廃止するなどが常時おこなわれています。そういうなかで、アメリカ本社が人員削減の目標とそのための財源を準備し、世界中のIBMでリストラがおこなわれています。今回の「ロックアウト解雇」も、その一環でおこなわれたものです。これが「ロックアウト解雇」の第三の本質です。

日本IBMは、「ロックアウト解雇」をリストラや人員削減のためだと認めると、裁判の争点に「整理解雇四要件」が浮かび上がってしまいます。それが通用しないことを知っている日本IBMは、この争点を避けるために、「人員削減」のねらいを隠して、個々の労働者の「業績不良」「能力不足」に責任を転嫁したのです。周知のように「整理解雇四要件」とは、①解雇しなければならないほど経営状況が悪化していること、②解雇を避けるために、希望退職募集や非正規労働者の雇用削減など「解雇回避措置」をとっていること、③解雇者選定が合理的な基準でおこなわれているか、④労働者・労働組合と十分な協議がされたかということです。

日本IBMは、すべての要件に当てはまりません。①一年でおよそ一〇〇〇億円もの利益をあげ続けている、②③希望退職は絶対におこなわず、会社の選別した労働者に対してのみ退職強要や解雇をおこなっている、しかも派遣労働の利用を増加させている、④労働組合との団体交渉では人員削減の事実を否定し、従業員数の変化すら質問しても答えないなど、全く労使協議が成立しない状況です。

このような日本IBMの対応に比べて、日本以外では状況が異なります。フランスIBMにはCGT（フランス労働総同盟）の労働組合組織など複数の労働組合がありますが、労働組合には人員削減の計画など情報が開示され労使協議をおこなっています。フランスIBMのCGT組織は、この人員削減提案に同意しませんでしたが、他の労働組合組織は労使協議の上で同意し、協定を結んで人員削減を実施したということです。

以上からもわかるように、日本IBMの秘密主義、労働組合無視・敵視、団体交渉拒否の異常性は際だっています。これも、日本における「整理解雇四要件」の適用を回避するために、日本IBMにおける人員削減、リストラという本質を隠して、人員整理、リストラを強行しているからに他なりません。

日本IBMの「ロックアウト解雇」は、「労働組合つぶし」や「違法な人員削減」という本質を個々の労働者の「業績不良」や「能力不足」が原因として責任を転嫁し、解雇を自由にできる職場をつくりあげるために、意識的に仕組まれた解雇事件と言えるのです。だからこそ、労働者・国民の多くのみなさんのご支援をいただき、絶対に勝たなければならないたたかいです。あらためて、みなさんの大きなご支援をお願いいたします。

あとがき

ロックアウト解雇とたたかう日本ＩＢＭの皆さんの実態を、私は、小説の新聞連載に向かっていた二〇一三年ころから取材させていただいていました。「解雇撤回闘争支援全国連絡会」のメンバーの一人として名を連ねていたこともあり、早くから、争議の帰結は今後の日本社会に大きな影響を及ぼすものとして、特別に関心を抱いていたからでした。同時に、日本企業が目標として追いかけ、「巨象」とまで言われたかつての栄光はどこに行ったのか、「なぜ」というＩＢＭ社への素朴な疑問がありました。

ところが、早く書きたいと気にかけてはいても、容易に着手できなかったというのが実際でした。労働組合の皆さんは、田島がいつエンジンを始動させるか、いらいらされていたのではないかと思います。そうこうするうちに事態はどんどん進行していくのですが、暴圧に果敢に立ち向かう人たちを本格的に追い、その熱い姿に接することで、ようやく私は、「いま書かなければ」と、ルポルタージュとしての発表を決断しました。

これまで折に触れて、私の創造活動を励ましてくださっていたジャーナリストの昆弘見《こんひろみ》氏の紹介で、『前衛』誌に発表の場をお願いすることとなり、編集部のご理解と厚いはからいにより、連載がスタートの運びとなったのです。

ルポルタージュの真髄は、何と言っても、「現実の創造物」としての即応性にあります。私は事件の推移を目の当たりにしていて、同時進行で書くことを決意しました。書き手もたたかわなければという思いに衝き動かされたのが本当のところでしょうか。

連載ルポルタージュは私にとって初めてでしたが、「事実を通して真実を探り当てる」地道な作業と、いかにそれを表現するかの刻苦を重ねる日々は、想像以上に過酷でした。しかし小説の書き手が、時々の現実にいかに素早く向かうかを肌で学んだ、貴重なチャレンジであったと考えています。

人としての尊厳と命を守るために、労働組合の全存在をかけた攻防はいまも続いています。多くの方が本書を読まれて、この国の最前線でたたかう人たちに、温かい支援の手を差しのべてくださることを願ってやみません。

本ルポルタージュの執筆に際しましては、JMITUの生熊茂実委員長、同日本IBM支部の大岡義久委員長はじめ組合員の皆さん、そして岡田尚弁護士、水口洋介弁護士らに多大のご協力をいただきました。これらの方々と、連載時にご無理も受け容れてくださった『前衛』編集部の吉川方人氏、刊行にあたってお世話になった新日本出版社の久野通広氏に感謝し、お礼を申し上げます。

二〇一七年一月三十一日　　田島　一

田島　一（たじま　はじめ）

1945年、愛媛県生まれ
日本民主主義文学会会員、日本文芸家協会会員
著書
『戦士たち』『遠景の森』（第26回多喜二・百合子賞受賞）
『川の声』『青の画面』『湾の篝火（上・下）』『ハンドシェイク回路』『時の行路』『続・時の行路』（いずれも新日本出版社）

巨象《きよぞう》IBMに挑《いど》む――ロックアウト解雇《かいこ》を跳《は》ね返《かえ》す

2017年3月15日　初　版

著　者　田　島　　一
発行者　田　所　　稔

郵便番号　151-0051　東京都渋谷区千駄ヶ谷4-25-6
発行所　株式会社　新日本出版社
電話　03（3423）8402（営業）
03（3423）9323（編集）
info@shinnihon-net.co.jp
www.shinnihon-net.co.jp
振替番号　00130-0-13681

印刷・製本　光陽メディア

落丁・乱丁がありましたらおとりかえいたします。

ISBN978-4-406-06130-8 C0093　Printed in Japan